カゲロウデイズⅧ

-summer time reload-

じん（自然の敵P）

JN166936

KCG文庫

目次

クライングプロローグ

……ずっと憧《あこが》れていたんだ。

愛情をくれた親が、道ですれ違った名も知らぬ人が、そして奇《く》しくも出会った友人たちがそうであったように、僕の心の奥底には「憧れ」が根ざしていた。

例えば闇《やみ》の中、孤独《こどく》に悶《もだ》え苦しむ少女を、明かりの下へ連れ出すような。

例えば街のすみ、理不尽《りふじん》に苛《さいな》まれる少年に、笑顔を与えるような。

例えばありふれた物語の中、絶望《ぜつぼう》に打ちひしがれる仲間たちを、希望へと導くような。

そう、そんな絵に描《か》いたような存在に、なってみたかった。

暴力に耐え忍ぶだけの自分を、心の拠《よ》り所さえ守れない自分を、人の性《さが》に怯《おび》えるだけの自分を、変えたかった。

4

そうだ、そうだった。

そうだった、はずなのに。


「憧れ」は、呪《のろ》いだ。

「そうありたい」と願う感情は、いつしか「そうあらねばならない」という焦《あせ》りに変わり、いつしか僕らは「憧れ」になれない自分を、化《ば》け物《もの》であるかのように貶《おとし》める。

そうして醜《みにく》く映る自分から目を背《そむ》け、他人を妬《ねた》み、底なしの闇に嵌《はま》って……つまりこれは、そういう呪いなんだ。


本物の「化け物」っていうのは、そんな闇の底にいる。

誰も愛せない、誰にも愛されない、ただただ他人の不幸と、自分の保身《ほしん》を願うだけの存在……そんな化け物を作るのが「憧れ」だ。


理想に手を伸ばしながら、理想とは逆方向に引きずり込まれていく化け物たちの『声』を、今までずっと聞いてきた。

「そうはなるまい、僕だけはきっと」

腹の底でそんなことを考え続けて、生きてきた。

人の皮を被った、どす黒い化け物たちの巣の中で、ただただ、必死に手を伸ばして……。

そうして伸ばした手が「憧れ」に触れるまで、僕はずっと、気づかなかった。

守るべきものも見つかった。

弱い自分も力を持った。

僕を必要だと言ってくれる仲間たちにも恵まれた。

ただ、逃げださない「勇気」だけが、どうしてもみつからなかった。

そうだ、手に入らないのなら、その方が良かった。

手に入れた「憧れ」の先に待っているのは、それを失う「絶望」と、底なしの「虚《きょ》無《む》感《かん》」だ。

守るべき者の儚《はかな》さに怯え、仲間という名の重圧に苛まれる日々だ。

「憧れ」は呪いか。
「幸せ」は毒か。
「願い」は罪なのか。

「彼女」を救えなかった僕には、もう解らない。
化け物になってしまった僕には、もう。

サマータイムレコード -side No.8-

「目を覆《おお》うことができたなら」

そんな馬鹿《ばか》な考えを頭に浮かべながら、僕は『凝《こ》らす』の視界が捉《とら》えた凄惨《せいさん》な光景を、ただただ呆然《ぼうぜん》と眺めていた。

つい昼間まで冗談《じょうだん》を飛ばしあっていたあの人が、喉元《のどもと》から血しぶきを噴き上げて崩れ落ちていく様を。

先ほど別れるまで、僕の些細《ささい》な心配ごとを気遣《きづか》ってくれていたあの人が、凶弾《きょうだん》に撃ち抜かれ事切《ことき》れる様を。

その一連を、まるで部屋に入り込んだ害虫を叩《たた》き潰《つぶ》すかのようにやってのけた、あいつの変わり果てた姿を。

まるでスクリーンに映された映画でも観《み》ているかのように、ただ、ただ、呆然と。

もし、声が届いたら、あいつの名前を呼べただろうか。

もし、手を伸ばせたら、あいつの顔をぶん殴ってやれただろうか。

もし、僕がそこにいたら……。

……解っている。自分のことは自分が一番、痛いほど、理解している。

僕はきっと、何もできない。

だからきっと、こんな『能力』に、選ばれたんだ。

チルドレンレコード -side No.8-

『凝《こ》らす』を解《と》くと同時に、両目から熱が引いていくのが解った。

陰鬱《いんうつ》とした研究室を覗《のぞ》いていた視界は、叩《たた》かれたかのように闇色のコンクリートへと切り替わる。

慣れない感覚に身を預けていたせいか、僕は身体《からだ》に視界を戻すまで、自分が這《は》いつくばっていたことに気がつかなかった。

『能力』は解いたというのに、先ほどまで視《み》ていたあの部屋の惨劇《さんげき》が、臭《にお》いすら感じさせるリアリティでもって頭の中を埋《う》め尽《つ》くしていく。

途端、込みあげた嘔吐感《おうとかん》に抗《あらが》うこともできず、僕はそのまま何度か胃の中身をぶちまけた。

つい数秒前まで、僕は『冴《さ》える』の謀略《ぼうりやく》を阻止《そし》すべく敵アジトに乗り込んだシンタローたちを『能力』で見つめていた。

「メカクシ団」なんてふざけた名前をしてはいるが、少なからず僕に良くしてくれた人たちだ。そんな彼らが、あまりに無残《むざん》に、あまりに無慈悲《むじひ》に、あまりにあっけなく蹂躙《じゅうりん》され、作り物のように動かなくなって床に転がったのだ。

鮮血《せんけつ》の海に横たわる、友だった肉塊《にくかい》の姿が鮮明《せんめい》に思い浮かぶ。かつて『カゲロウデイズ』の中で幾度《いくど》となく見せつけられた「人の死」。しかし、駆《か》け巡《めぐ》る僅《わず》かな思い出が、彼らと生きた記憶が、決して「死」に慣れるなんてことを許さなかった。

絶望《ぜつぼう》の色が、胸中《きょうちゅう》を黒く染め始める。突きつけられたどうしようもない現実を噛《か》み砕《くだ》くように、僕は歯を食いしばった。

ダメだ。考えるな。飲まれるな。

少なくとも今は、この絶望に飲み込まれてはいけない。なんとか持ちこたえて、自分にできることを見つけ出すのが、生きた「僕たち」の役割だ。

そうして声にならない言葉を胸の内でがむしゃらに反芻《はんすう》させていると、張《は》り裂《さ》けんばかりだった鼓動《こどう》の高鳴《たかな》りが、かき乱された心が、熱を冷ますように次第に落ち着いていくのが解った。

「慣れる」でもなく、「忘れる」でもなく、ただ「耐える」。

今はこれで良い。悲しみで、後悔《こうかい》で、目の前を閉ざすことだけはしちゃいけない。

そうやって胃液に焼かれた喉元《のどもと》を荒い呼吸で冷ましていると、ふいに群衆《ぐんしゅう》のざわめきが耳に届いた。

校舎から数百メートルほど離れた位置にある、この廃ビルの屋上は、空に近いせいか地上とは音の聞こえ方がまるで違う。人の話し声も、ここまで届くものとそうでないもの、届いても言葉として認識できるものはわずかで、大抵《たいてい》は人の声をした「ただの音」にしか聞こえない。

それでも、地上を埋め尽くした群衆が「如月《きさらぎ》モモ」について言葉を交《か》わしているのだろうということは、音の具合から容易に想像がついた。

一度大きく息を吐《は》いて、起き上がる。

屋上際に備え付けられた鉄柵《てっさく》に背を預けるように座り、僕は、音の出所である地上を見下ろした。

深夜だというのに、眼下《がんか》に伸びた大通りは溢《あふ》れんばかりの人で埋め尽くされている。車道にまではみ出た人の群れは、今や車両の往来《おうらい》を完全に麻痺《まひ》させながら、まるでうねる大河のように学校へと列を成していた。

多くを語るべくもない「大事件」。シンタローたちの突入と並行して行われたモモの陽動《ようどう》作戦は「民衆の目を集める」という目的においてのみ言えば、大成功だったと言えるだろう。

「如月モモが、そこにいる」

たったそれだけの、それも不確かな情報が、この数の人間を動かしてしまったのだ。

これが『能力』によるものなのか、はたまたアイツ自身のなにかがそうさせたのか僕には解らなかったが、誰の目から見ても到底《とうてい》常識という言葉の範疇《はんちゅう》に収まるような出来事ではなかった。

常識はずれの事実ほど、人の好奇心《こうきしん》を掻《か》き立てる。少なくとも今日のこの出来事は、いい意味でも悪い意味でも今後のモモの人生に付いて回るだろう。たとえアイドルを辞《や》めたって、なにを弁明《べんめい》したって、きっとこの事件は人々の記憶に焼き付いてしまう。だけどモモは、たとえどんな業《ごう》を背負うことになろうとも「それでいい」と思ったんだ。自分たちの未来を切り拓《ひら》くために、今日、この瞬間を迷わないと、そう決めたんだ。

そういえば、初めて会った時からアイツはずっとそうだった。見ず知らずの僕のことを、まるで自分のことのように心配して、少しの迷いも見せずに「絶対助けよう」なんてことを言った。

お人好《ひとよ》しで、バカで、猪突猛進《ちょとつもうしん》で、危《あぶ》なっかしくて……でも、誰よりもいいやつだ。

モモがそんなやつだったから、僕はこうして自分のために戦うことができた。僕に「仲間」を教えてくれたのは、あいつなんだ。

だったらじゃあ、僕はあいつに何をしてやれるだろう。

僕は星の見えない夜空を見上げて、塗《ぬ》り潰《つぶ》された闇の先に、自分たちの未来を重ねた。

まだ、残された手段があるのだろうか。あったとして、それが僕にできるのだろうか。

「……あぁ〜、だっる」

野暮《やぼ》ったい呻《うめ》き声。

見ると僕の横に寝転《ねころ》んでいた「榎本貴音《えのもとたかね》」が、サイズの合っていない借り物のパーカーと格闘しながら、細い身体を起こそうと必死に踠《もが》いていた。

後方支援《こうほうしえん》を務《つと》める僕と榎本は、その『能力』の性質上本体が非常に無防備《むぼうび》になる。似た者同士ということもあって、僕らは作戦の場からあまり距離が離れていないこの廃ビルの屋上で、コソコソと身を寄せ合っていたのだ。

榎本は『目が覚《さ》める』という『能力』によって、この二年間身体と精神が分離した状態だったらしい。

「身体と精神が分離」なんて、まるで漫画のようなとんでもない話だけど、ここ数日でそういう話にはすっかり慣れた。

そんな彼女の精神体「エネ」が「榎本」の身体に戻ったのが、つい昨日……つまり二年間も動かしてなかった身体を、今日いきなり稼働《かどう》させたということらしいのだ。
二年もの間動かしてなかった身体を動かすというのがどれほどの苦痛を伴《ともな》うのか僕には想像もつかないけれど、少し「視界」を肉体から離すだけの僕の『能力』にしたって、乱用《らんよう》した時の消耗《しょうもう》は結構なものだ。
多分、榎本のそれは僕の比じゃない。そう思うと、労《ねぎら》いの言葉の一つもかけてやろうか、なんて気持ちも湧《わ》いてきそうなものだけど。

「……なに。なに見てんのあんた」

……怖い。

普通に怖い、この人。目が怖い。

「エネ」の時はなんていうか「キャピキャピ」したというか、そういう死語みたいな言葉が似合いそうな元気な印象の人だったのに、身体に戻った途端まるでお勤《つと》め帰りのご婦人だ。
これが父さんの言っていた「営業の顔に気をつけろ」というやつなのか。

「ふぃ〜、こっちは一通り終わった。……で、そっちはどんな感じさ」

僕と同じような座り格好《かっこう》に落ち着きながら、榎本貴音は目だけをこちらに向けてそう言った。

落ち着きを取り戻していた心臓が、途端、弱く跳《は》ねる。

今回の作戦における「エネ」の役割は、敵アジトのセキュリティの解除、インターネットを使ったモモのライブの情報拡散、更にはモモの決行した「ゲリラライブ」を学校の音響設備を使ってサポートすること等々、かなり忙しい役回りだ。

それを考えると、おそらく突入部隊の状況……シンタローたちが今どうなっているかまで、情報把握《はあく》はできていないだろう。

僕の役割は、突入部隊の後方支援、そして状況の把握と、外にいるメンバーへの「状況報告」だ。それに則《のっと》るなら、僕はさっきまで見ていた「あの凄惨《せいさん》な出来事」のことを、榎本貴音に話さなくてはいけない。

僕は、声に悲壮《ひそう》の色が滲《にじ》まぬよう気をつけながら、それを伝えた。

「……マズいことになってる」

端的に僕が言うと、榎本は少しの間をおいて、小さく、少し長い息を吐いた。

そうして目線を夜空に遠く飛ばしたまま、静かに返す。

「……怪我《けが》？」

榎本がその言葉に込めた真意《しんい》は、容易に読み取れた。

「怪我で済《す》んでいるのか？　それ以上のことは起きていないのか？」と、そう言っているのだ。

僕は返す言葉に迷ったあげく、首を横に振って応じた。できることならそれで察《さっ》してもらいたかった。キドももちろんだが、特にシンタローは「エネ」として長い時間をともにした、きっと、大切な友人だ。

その友人の「死」が事実だったとしても、いずれ知ることなのだとしても、それを僕の口から伝えることが、どうしようもなく辛《つら》かった。

しかし榎本はまるで僕の宣告《せんこく》を促《うなが》すかのように、夜空を見つめたまま黙り続ける。

そうして次第に長くなる沈黙に耐えかねた僕は、いよいよその言葉を口にした。

「……シンタローとキドが死んだ。そこまでしか視《み》てない」

静寂《せいじゃく》。下界の喧騒《けんそう》が遠く、鼓動の音が耳に近く響く。

しばしの間を空けて、榎本は変わらない声の調子で返した。

「……あいつ、ちゃんとしてた？」

榎本の言葉に、ふいにシンタローの最期《さいご》が浮かんだ。

きっと彼は「強い人」なんかじゃなかった。けれど、最期の最期まで、少しの泣き言すらも漏《も》らさなかった。

本当に良い人だった。死ぬべき人じゃなかった。

そう思うとどうしても、遣《や》り切れなかった。

「ちゃんとしてたよ。あの人、銃《じゅう》を向けられたって逃げなかった」

そう言い終えると同時に、僕の目からは、大粒の涙が溢《あふ》れた。

悔《くや》しい。何もできなかった。

ただひたすらに悔しくて、やるせなくて、仕方がない。

「……そっか。あいつ、頑張ったなぁ」

そう言うと、榎本は力なく笑った。

僕なんかよりずっと悔しくて、悲しくて、しょうがないはずなのに涙は零《こぼ》さない。

それが「薄情《はくじょう》」なんて理由じゃないということは、痛いほどに解った。

シンタローたちが死んで、僕たちは生きている。生きているっていうことは、なにかをやらなくちゃいけないってことだ。

それでも僕らの力は、敵を吹き飛ばせるような都合のいい力じゃない。闇雲《やみくも》に向かって行ったって、指一本触れられず殺されるのがオチだ。

榎本も、そして僕も、それを十分に解っている。解った上で、僕らは戦わなくてはいけないのだ。

あの部屋にはまだ、マリーとカノがいる。上手《うま》く逃げ出せていればいいが、あるいは難しいかもしれない。

モモはどうしているだろう。たしか、目立った姿を隠すために、どこかのタイミングでキドに合流する段取りになっていたはずだ。

しかし、キドはもうこの世にはいない。セトは、モモをうまく連れ出してくれているだろうか。

崩れ始めた作戦には、いつのまにか濃い敗戦の気配が漂《ただよ》っていた。いや、元から勝ち筋の見えていた作戦じゃないんだ。これは「そういう戦い」じゃない。

しかし、目的すら達成できなかったんじゃ、それこそ本当の最悪だ。

だったらどうする？　今から僕に何ができる？　考えろ。僕は、どうしたら……。

「……あんたさぁ。ゲームってやる？」

思考の堂々巡《どうどうめぐ》りに陥《おちい》りそうだった僕の頭は、榎本のそんな言葉で現実へと引き戻された。

……ゲーム？　テレビゲームなら、人並みくらいにはやったことがある。しかし、この一刻《いっこく》を争う状況で何故《なぜ》そんな質問を？

考えたところで質問の真意《しんい》はさっぱり解らないので、僕は素直に「まぁ、ぼちぼち」と答えた。

シンタローの死を知ったというのに、榎本の横顔はどこか涼しげだ。声色《こわいろ》一つ変えないままで、語り始める。

「私、超ゲーム好きでさ。っても、学校であんまり友達とか作れなかったってのが理由なんだけど……小、中ってゲームばっかりやってたんだよね」

そう言うと榎本は、両手でコントローラーをカチャカチャやるようなジェスチャーをしてみせた。

ここまで聞いても、よく解らない。もどかしい気持ちに駆られるが、僕は話の続きを促すように小さく頷《うなず》いた。

「そんなんだから先生とか、ばーちゃんとかすっごい怒るわけ。『一生に一度の今なんだぞ！ ゲームなんぞにうつつを抜かすなんてけしからん！』みたいな」

その言い回しが先生のものなのか、はたまた榎本の祖母のものなのかは解らないが、随分古風《ずいぶんこふう》な叱《しか》り方だ。

そんなことを考えていると、榎本は「あ、今の言い方はさすがに盛ったわ」とはにかんだ。どう反応すればいいか解らなかったので「はぁ」と返す。

「でも私、ずっと思ってたんだよね～。一回しかない人生よりも、何回死んだってコンティニューできるゲームの方がずっと面白いじゃんって。だって『一回しかできない』って思ったら、怖くて動けなくなっちゃわない？

しかもゲームって、負けたら負けただけ、死んだら死んだだけ強くなんの。『悔しい！』って気持ちで『もう一回！』ってやり続けるから、楽しいし、強くなれる」

そこまで言って、榎本は僕の方を振り向いた。繕《つくろ》ったような笑顔には、隠しきれない悲痛《ひつう》の色が浮かんでいる。

「あんた、なんか昔のあいつに似てるんだよね。変に頭いいせいで、先のこと考えすぎて塞《ふさ》ぎ込んじゃうとことか……背負わなくていいもん無理に背負おうとするとことか」

あいつっていうのは……シンタローのことだろうか。

いきなり言われてもピンとこなかったが、先のことを考えて思い詰めてしまっているのは、悔しいけどその通りだ。

「……失敗したらもう一回やればいいじゃん。それぐらいの気持ちになんないと、前に進めないよ。それにほら……」

「私ら、一回死んでるのに、こうやって生きてるし」

そう言って榎本は僕の頭をワシャワシャとやった。

「やめろ」と撥《は》ね除《の》けることもできたけど、多分、顔を見られたくなかったんだろうと思う。きっと僕に諭《さと》すようにしながら、自分にも言い聞かせてるんだ。

失敗してももう一回やればいいなんて、能天気《のうてんき》で、後先《あとさき》考えない、無責任な考えだ。

しかし、なぜだか心の中に、ストンと入り込んでいくような言葉だった。

ひとしきり僕の頭を撫《な》でたあと、少々乱暴に手を離した榎本は、軽く身体を伸ばして呟《つぶや》くように言った。

「さて……と。じゃあ私も一発かましに行こうかなぁ」

榎本がそう言いだすだろうと、なんとなく解っていた。目を落としていた僕は、腹を括《くく》るべく大きく息を吐いたあと、榎本に向き直って口を開いた。

「僕もいくよ」

無論《むろん》、そう言うつもりだった……のだが、そんな言葉を口に出す前に、僕は目の前の光景に思い切り面食《めんく》らってしまった。

眼前には、夜闇の中に煌々《こうこう》と輝く液晶《えきしょう》画面。その脇《わき》を見ると、携帯を僕の方に突き出したままの格好で、榎本はぐったりと意識を失っていた。

なんて器用な……と思うが先か、携帯の小さなスピーカーから、底抜けに明るい声が響く。先ほどまでの気だるげな声色とはまるで違うが、紛《まぎ》れもなく先ほど僕を諭した、あの声だ。

「は〜い！　っというわ・け・で！　不肖《ふしょう》このエネ、これより敵地に赴《おもむ》いて参《まい》ります‼　しばしの別れ……ええ、ええ、寂《さび》しいでしょう、悲しいでしょう、そのお気持ち、みなまで言わずともよ〜っく解っております！
しかし少年、それは叶《かな》わぬK☆O☆I……！　決して実ることはない禁断の果実！
今は心にしまって、いつか訪れるトゥルーロマンスの日まで取っておくのです……。
そう、貴方《あなた》にもそのうち素敵な……ってぎゃあああああ！　最後まで聞いて‼　捨てないで‼」

榎本からぶん捕《ど》った携帯を、ええい！　と夜の街に放り投げようとしたところで、僕はハッと我に返った。

いけないいけない、突然の敵襲《てきしゅう》かと思った。いや、敵に近い存在であることには違いない。きっと洗脳電波とかそういうのに限りなく近いアレだ。

害であることは間違いないが、しかし悲しいことにこの「エネ」も仲間なのだ。俄《にわ》かには信じがたいが、そこで寝ている榎本の精神体……らしい。

募《つの》る苛立《いらだ》ちを抑えながらいやいや携帯に目を落とすと、当のエネはひどく憤慨《ふんがい》した様子で頬《ほお》を膨《ふく》らませていた。

「もう！　せっかく人が沈んだムードを紛《まぎ》らわしてあげようとしてたのに、空気の読めない人ですねぇ！　モテませんよそんなことじゃあ！」

ダメだこいつ。絶対葬式とかで笑い出すタイプだ。

「で、ここからは真面目《まじめ》な話なんですけど！」

ここまでは真面目じゃなかったのか。

エネは画面にずいっと顔を近づけると、ダボついた袖《そで》からビシッと人差し指を覗かせた。

真面目な様子には到底見えないが、そうだと思って聞くことにする。

「とりあえずこの携帯、貴方が持っててください！　そしてぜ～ったいに手放さないように！」

手放さないように……ってこれはモモの携帯だ。なんでお前がそんなことを。

そう返す間もなく、エネが矢継《やつ》ぎ早《ばや》に口を開く。

「そして貴方がちゃんと『今日』を越えることができたら……下のボタンを押しながら『お兄ちゃん』と呼んでください。いいですか。それが貴方の任務ですからね」

「……はぁ？」

そう告げるエネの態度からおちゃらけた雰囲気は抜けなかったが、ふざけているようにも見えなかった。

しかし、なんだ、その訳の解らない任務は。そもそもなんで今こいつがそれを？　僕が何かをしなくてはいけないのであれば、それこそ事前にシンタローから頼まれるはずだ。

エネの言葉に飲まれるがまま、僕が困惑していると、エネは「さて、と」と小さく呟いて、踵《きびす》……踵《かかと》はないが、踵《きびす》を返した。

そして後ろを向いたままで、エネは最後、こんな言葉を言い残した。

「私が頼まれてるのはここまでです。で、ここからは私の個人的な感想なんですけど……やっぱり似た者同士ですよ、貴方たち。『能力』とか、信頼とか、色々あると思うんですけど……。やっぱり自分に似てるから、ご主人は貴方を選んだんだと思います」

「ちょっ……訳解んないよ！　ぼ、僕も行くって！　ねぇ‼」

僕の呼びかけには応《こた》えず、エネは少しだけ振り返って笑顔を見せると画面の奥に飛び去っていった。

取り残された僕の頭上を、無遠慮《ぶえんりょ》な音を撒《ま》き散らしながら、一機のヘリが通り過ぎていく。騒ぎの報道にしては、来るのが少し遅いんじゃないか。だってもう、そこにモモはいないんだ。

静かになった携帯の液晶には、モモが待ち受けに選んだ「メカクシ団」の面々が並んでいた。あまり写りのよくない面子《メンツ》が、それでも楽しそうに、こちらを見つめている。

そして僕は、改めて思い至る。

多分彼らは友達で、掛《か》け替《が》えのない人たちで、もう出会えない存在なんだ。

悔しさと、寂しさと、押し付けられた大きすぎる優しさに、僕はただ一人、静かに打ち震えていた。

サマータイムレコード　-side No.6-

「何もかもが青かった」

いつか私が、この旅の感想を訊《たず》ねられたとしたら、多分《たぶん》、そう答えるだろう。どこかで似た言葉を聞いたような気もするが、どうせ訊かれることなんてないだろうし、気にしないでおく。

旅なんて言うと少し大仰《おおぎょう》に思われるかもしれないが、やっぱりそういう言葉がしっくりくる。

身体《からだ》を失って、友達を失って、意識だけの暗闇《くらやみ》で目が覚《さ》めてから、二年。

逃げるように電子の海を飛び回って、隠れるためにアイツのところに転がり込んで、そして立ち向かうために、ここにいる。

思い返せば本当、最悪に思うことばかりの人生だったが、一つ一つの出来事が、その痛みが、身体さえ失った私に「生きてる」って思わせてくれた。

もちろん感謝なんてするつもりはないが、多分私は、この人生が嫌いじゃない。

何一つ上手《うま》くいかなくて、怖くて、不器用で、それでもここまで飛び続けた、紛れもない「私自身」の青くて青い、冒険譚《ぼうけんたん》。

この戦いが終わったら、行きつけのネット掲示板にでも書き記してやろう。そして「嘘《うそ》っぱちだ」と馬鹿《ばか》にされたら、それを皆と一緒にニヤニヤ眺めるのだ。

緑青《ろくしょう》の世界を、音もなく飛び進んでいく。

なぜだかなんとなく、もう戻れないところまで来たということだけは、解っていた。

そんな、戻れないであろう「これまで」を、私はぼんやりと思い出す。

初めて人を好きになって、気持ちを伝えられなかったこと。

嫌いだったやつが、実は結構いいやつだったこと。

自分が案外《あんがい》、何もできないやつだったってこと。

そして、そんな自分を仲間だって言ってくれるやつらがいたこと。

きっとまた、私は何かを失うことになる。
でも、その先できっと何かを手に入れる。

そう、私はこの最悪で最高の人生を、絶対に後悔《こうかい》なんてしない。

たとえどんな結末が待っていようとも。

チルドレンレコード -side No.3(2)-

誰がいなくなっても、絶対に泣かない。もし、また会えたら、泣いてよし。

そんな約束をしたからには、色々覚悟《かくご》はしてきたつもりだった。

けど、ごめん。やっぱり、すごく辛《つら》いよ、こんなの。


家族が目の前でいなくなるのは、これで三度目。本当、どんな星の下に生まれたら、こんな酷《ひど》い目に遭《あ》うんだろう。「神様なんていない」なんて言葉よく聞くけど、いなかったらこんな奇怪《きかい》な人生を歩むことにはならなかったんじゃないかな。

神様がいないなんて、信じない。多分、とびきり性格の悪い神様が一人いて、僕らのことをず〜っと付け回してるんだ。なんて。

そんな「どうでもいいこと」を、辛いことが起きるたびに、もう何度も何度も妄想してきた。神様がいたところで、別になにかが変わる訳じゃない。そんなことは、解っている。

ただただ「神様」っていうのがどんなやつなのか、見てみたいって気持ちは、何故《なぜ》だか消えなかった。

……あぁ、そうか。だからかもしれないけど。

「もしかしたら、目の前の『あれ』が神様なのかも」

そう思えるくらいに、眼前のマリーの姿は神々《こうごう》しく、圧倒的《あっとうてき》な存在感でもってそこに立っていた。

ことが起きたのは、ほんの少し前。

周到《しゅうとう》とまでは言えずとも、一夜《いちや》漬《づ》けにしては出来過ぎなほどに組み上がったシンタローくんの「作戦」は、大凡《おおよそ》予定通りに完了した。

マリーの力を使い『冴《さ》える』を宿《やど》した父さん……敵の動きを止め、そのまま身柄《みがら》を拘束《こうそく》する。そこに至《いた》るまでの流れは、完璧と言ってもいい出来だったと思う。

事態が急変したのは、その直後。

仄暗《ほのぐら》い研究室の中心に現れたドス黒い影に、二人の仲間が瞬《また》く間に殺された。

父さんの身体《からだ》に乗り移っていた『冴える蛇《へび》』が、あろうことかコノハ君の身体に乗り移ったのだ。

コノハ君の『能力』は『目を醒《さ》ます』。おそらく所有者の肉体を強化するのであろうその『能力』に『冴える蛇』が入り込むなんてことが起こるとは、思ってもみなかった。

そんな僕をあざ笑うかのように、下卑《げび》た笑い声が部屋に反響《はんきょう》する。それに混ざってマリーの叫び声が聞こえたような気がしたが、その時の僕は、眼前の惨劇《さんげき》を前に、ただただ立ち尽くすほかなかった。

強靭《きょうじん》な「身体」に、残忍《ざんにん》な「頭」……つまるところ、最悪の事態だ。

しかし、僕がそう認識した時には、すでに目の前には黒く歪《ゆが》んだコノハ君の笑顔が迫っていた。

喉元《のどもと》を掴《つか》みあげられ、喘《あえ》ぐこともできぬまま僕が瞼《まぶた》を結んだ……そう、ちょうどその時だ。

ふいに耳に届いた言葉に、僕は思わず竦《すく》み上った。

『……来い、カゲロウデイズ』

それがマリーの言葉だと、一瞬、僕は気づけなかった。

普段僕らに茶化《ちゃか》された時なんかは、マリーもそれなりに憤慨《ふんがい》した様子を見せる。なんならあの子を一番茶化してきたのは、ほかでもないこの僕だ。あの子が怒るところを一番多く見てきたのは僕なんじゃないかとすら思う。

しかし「その名」を呼んだマリーの声が帯びていた怒気《どき》は、普段のそれの比ではなかった。

途端『冴える』はその動きをピタリと止め、ほんの一瞬だったがまるで恐怖に慄《おのの》いたかのような表情を浮かべたように思う。

直後、室内の凍《こお》った空気を切り裂き、漆黒《しっこく》の巨大な口が現れた。

この世のありとあらゆる不吉を孕《はら》んだかのようなそれは、瞬く間にシンタローくんとキドの身体を搦《から》め捕り、再びどこかへと消え去っていった。

目の前で巻き起こった衝撃的《しょうげきてき》な出来事のせいか、はたまた喉を締め付ける彼の指にそうさせられたのかは解らないが、それを見たのを最後に、僕の意識は途切れてしまった。

……それから、どれくらいの時間が経《た》ったのだろう。

シンと静まり返る暗闇の中、目を覚《さ》ました僕の前には、マリーの姿をした『彼女』がいた。

頬《ほお》には無数《むすう》の鱗《うろこ》が這《は》い、鈍《にぶ》く光る双眸《そうぼう》には、切れ長の赤黒い瞳孔《どうこう》が刻《きざ》まれている。

綿《わた》のようだった長髪は短くなり、幼さの残る朗《ほが》らかだった顔は、まるで別人のように冷たい表情を湛《たた》えていた。

その目の睨《にら》み据《す》える先には、黒く変色したコノハ君の姿があった。先ほどマリーが固めた父さんのように、ピクリとも動かないで直立している。

しかし、一見《いっけん》して同じように見えるその固まり方は、父さんの時のそれとはまるで違っていた。

彼は瞠目《どうもく》したまま、まるで絶望《ぜつぼう》の淵《ふち》に閉じ込められたかのような虚《うつ》ろな表情を浮かべているのだ。

知る限り「マリー」の力では、こうはならない。

……本能的に、なのだろうか。コノハ君に宿《やど》った『冴える』をそうまでにした「彼女」が、人ではない「人のような姿をした何か」であると、僕は確信していた。

マリーの姿をした、マリーではない存在……不意《ふい》に浮かんだ「メデューサ」という言葉に、僕は堪《たま》らず生唾《なまつば》を飲み込んだ。

僕の動悸《どうき》の音でも聞こえたのか「彼女」はこちらに気がつくと、何を言うでもなく僕の方に足を向けた。

射竦《いすく》めるかの如《ごと》き表情が、ゆらり、ゆらりと徐々《じょじょ》に近づいてくる。そうして僕の目の前にまで迫ると彼女はしゃがみこみ、自身の胸元を指差しながら、聴《き》き馴染《なじ》みのある声でこう言った。

「……お前、こいつの家族か」

言葉の使い方が、マリーではない。

一瞬たじろぐが、彼女の質問からは威圧《いあつ》しようという意思は感じられなかった。

とにもかくにも応《こた》えようと口を開くが、しかし、肝心《かんじん》の答えをなんと言えばいいのかが解らない。

こいつ、というのはマリーのことだと思う。だとするなら、家族かと訊かれると少し厄介《やっかい》だ。

「そうだ」と応えられるかいうと、少々難しい気もするし「仲間」と言うと解釈の幅が広い。だとすると「友達」か、とも思ったが、家族を打ち消してまで友達と断言するのもどこか気が引ける。

僕が思い悩んでいると、彼女は「ふむ」と漏《も》らし、なにか思いついたかのように再び口を開いた。

「さては、旦那《だんな》か？」

……。

「違うよ‼」

それは即座《そくざ》に否定《ひてい》した。別に嫌だというわけではないが、あらぬ誤解《ごかい》をされるわけにもいかない。

途端《とたん》発《はっ》せられた僕の大声に驚いたのか、彼女は目をパチクリさせると、一呼吸置いて「ふふっ」と吹き出した。

「なんだ、喋《しゃべ》れるではないか。口をパクパクさせているから、そういう伝え方をするやつなのかと思ったぞ」

そう言うと彼女は、まさしく「なぁ〜んだ」といった具合に、胸をなでおろす仕草《しぐさ》を見せた。

気づけば先ほどまで纏《まと》っていた威厳《いげん》のようなものは解《と》かれ、心なしか身体も小さくなったような気がする。

しかし、そんな物の言い方も、やはりマリーのそれとはまるで違う。これだけ流《りゅう》暢《ちょう》に喋れているということは、どうやら混乱して口調《くちょう》が変わっているという訳でもなさそうだ。

となると考えられる可能性は、そう多くない。おそらく、なんらかのきっかけで元の「マリー」の人格が「彼女」の人格と切り替わったのだ。まぁ、女性でない可能性もあるが。

「……あんた、一体誰？」

僕が単刀直入《たんとうちょくにゅう》に訊くと、彼女は再び目をパチパチとしばたいた。

これは彼女の癖《くせ》なのだろうか。その様《さま》はまるで、僕の言葉を、仕草を、興味深く観察しているかのようにも見える。

はぐらかされているのかとも思ったが、とくに隠そうとするでもなく、彼女は自分の名前を口にした。

「名前は、アザミだ」

　その名を聞いて、先ほど頭に過《よ》ぎった予感が、確信に変わる。

シンタローくんたちが、マリーの家で見つけた日記の持ち主……今、マリーに宿っている彼女は「メデューサ」アザミだ。

「あと、マリーの母親の、母親だ」

「あ……そ、そう」

しかもご丁寧《ていねい》に説明までしてくれた。この感じからすると、伝え聞いていたイメージより、だいぶ解りやすい人物なのかもしれない。

　しかし、これでだいたい状況が飲み込めた。

アザミの言葉を信じるとするなら『冴える』がコノハ君にそうしたように、アザミもなんらかの方法でマリーの身体に乗り移っているのだ。

だとすると、『冴える』を無力化《むりょくか》したであろう力にも、納得がいく。この人は、僕らに与えられた『能力』の言わば「源流《げんりゆう》」なのだ。

借り物で『能力』を使っている僕らよりも、強力に力を行使《こうし》できるということなのだろう。大方、子供の喧嘩《けんか》に大人が割って入ったような状況といったところか。

だとすると、あぁ、なるほど。


随分《ずいぶん》ひどい話もあったもんだ。


「なんで……なんで今なんだよ」

途端、言葉がこぼれ落ちる。

それを皮切りに想いが次々と溢《あふ》れ出し、気づくと僕は、喉を震《ふる》わせていた。

「遅すぎるだろ⁉　何人死んだと思ってるんだよ‼　あんたがもっと……もっと早く、助けに来てくれれば……」

「早く」とはいつのことを指して言ったのか、自分でも解らなかった。

母さんが強盗に襲われた時か、或《ある》いは父さんたちが土砂崩《どしやくず》れに巻き込まれた時か、それとも姉ちゃんが自ら命を絶《た》った時か。

……確かにそれもある。けど、多分そうじゃない。

僕は今「せめてキドが死ぬ前に、助けに来て欲しかった」と、そういう想いをこめて、言ったのだ。

そうして吐《は》き捨《す》てた言葉は、それ以上、続かなかった。激情《げきじょう》になれなかった無念《むねん》の想いが、涙になって目尻《めじり》に溜《た》まる。

「あ、う……」

僕の言葉を受けたアザミは弱々しく声を漏らすと、当惑《とうわく》した様子で目を泳がせた。

そりゃあ、そうだろう。アザミについて僕が知っていることはわずかだが、彼女も『冴える蛇』の謀略《ぼうりやく》の被害者なのだ。いきなりこんな調子で喚《わめ》かれたんじゃ、動揺《どうよう》するのもしょうがない。

そうさ、そんなことは解っている。

アザミがこうして助太刀《すけだち》に来てくれただけでも、十分にありがたいことなんだ。彼女を理不尽《りふじん》に責め立てた自覚もあるし、自分が正しいことを言っているとも思っちゃいない。

ただ、それでも、耐えられなかった。

理不尽に蹂躙《じゅうりん》され、飲み込まれた仲間の無念を思うと、吐き散らさずにはいられなかったのだ。

「す、すまなかった。お前たちがどれほど辛い目に遭ったのか、想像もつかん。しかし……助けに来たくても来られなかったのだ」

幼気《いたいけ》な少女のように目を伏せたまま、アザミはオドオドとした口調でそう告げる。

言い訳だとも思わないし「それは嘘《うそ》だ」と否定できるような根拠もなかった。

「……じゃあ、なんで今来たのさ。それくらい教えてよ」

僕が言うと、アザミは一度ビクッと身体を揺らし、小さな声で応じた。

「私の身体も精神も、全ての『能力』を失った時、果ててしまっているのだ。今、こいつの身体を借りて喋っている私は、ただの『記憶』だ」

「記憶……？」

「そうだ。あちらの世界から、私の生きた頃の『記憶』を孫の頭に飛ばしてもらったのだ。もっと早くにそうできていればよかったのだが……」

そこまで言ってアザミは、恐らくは「マリーの」という意味だろうが、指先で自身のこめかみを指した。

「こいつの持つ『カゲロウデイズ』を支配する力……『合体《あわ》せる』を使わん限り『カ

ゲロウデイズ』の中からこちらに干渉《かんしょう》することはできなかったのだ」

『記憶』をマリーの頭に飛ばした？

確かに、僕らは誰しも『記憶』によって成り立っている。赤ん坊の頃から英語圏で育てられれば英語を喋るだろうし、ジャングルで育てられれば、動物だって狩れるだろう。それこそ人格なんて、人生経験の最たるものだ。

つまり今のマリーの頭には「アザミ」という人生の記憶が焼き付いているということだろうか。それが事実だとするなら、マリーがアザミの口調で喋っていることにも、確かに納得はいくが……だとしても、引っかかるのはもう一つの方だ。

……『カゲロウデイズ』。

そうだ、確かにマリーはさっき、その名前を叫んでいた。

恐らくあれが現れ、シンタローくんたちを飲み込んだあの瞬間、入れ違いのように
アザミの『記憶』はこちらに飛ばされてきたのだろう。

しかし、それがどうにも変な話なんだ。

アザミは、マリーが『カゲロウデイズ』を操《あやつ》る力を持っていると言っていたが、本人からそんな話は聞いたことがない。

隠していたということも考えられるが、知らなかったと考えた方が、普通だろう。

マリーがそんなに都合良く、自分が「メデューサ」であることを真に自覚し『カゲロウデイズ』の名を呼ぶことなどできるだろうか。

僕が思い倦《あぐ》ねていると、不意にアザミは眉《まゆ》を引き下げて、こう呟いた。


「……つぼみのおかげだ」

唐突《とうとつ》にアザミが口にしたその名前に、僕は思わず目を見開いた。

それには気づかぬ様子で、アザミは淡々《たんたん》と語り続ける。

「かつて、つぼみがあちらの世界に来た時に、言伝《ことづて》を頼んだのだ。いつか外にいる孫《まご》に出会うことがあったら『カゲロウデイズ』を呼ぶように伝えて欲しい、と。つぼみの中の『隠す』は、孫の『合体せる』に惹《ひ》かれる。いずれ出会い、伝えてくれるだろうと思ってはいたが……」

言葉の最後、僅《わず》かにアザミの声が震える。

そうしてアザミは、「メデューサ」と呼ぶには余《あま》りに人間じみた表情を浮かべて、絞りだすように続けた。

「不甲斐《ふがい》ない……。あいつは私の無茶な願いを叶《かな》えてくれた。いいやつだったのだ。それなのに……間に合わなかった。これほど悔しいことはない」

マリーの頬に浮き出た鱗を、アザミの涙が伝っていく。

小さく嗚咽《おえつ》を漏らすアザミに、僕はそれ以上のことを訊くことはできなかった。

正直、アザミの話には首を傾げる部分が多い。

キドはなぜ、今の今まで『カゲロウデイズ』のことを語らなかったのか。

そしてなぜ、ここにきてそれをマリーに伝えることができたのか。

知りたい気持ちに嘘はつけないが、それを根掘り葉掘り訊いたところで、それが何の役に立つのかすらも解らない。

起きてしまったことは、変わらない。意味を知ったところで、自分の無力を慰《なぐさ》めることにしかならないだろう。

ただ、アザミの涙に、一つだけ確信できたことがある。

……どうやら僕は、キドに助けられてしまったらしい、ということだ。

はぁ、とため息をついて、僕は両手で顔を覆《おお》った。行き場を失くした感情が、胸中《きょうちゅう》でグジャグジャと掻《か》き乱《みだ》されていく。

なんで、どうして、どうしたら……。しかし、浮かんでは消えるそんな想いは、幸か不幸か、疲弊《ひへい》しきった僕の喉から言葉になって出ていくことはなかった。

「お前は、つぼみと仲が良かったのか」

そう訊《たず》ねてきたアザミの口調には、どこか思慮深《しりょぶか》さを感じた。僕のことを気遣っているのだろうか。

そういえば、先ほども似たような質問をされた。マリーとは家族なのか、と。

それに応えられなかった代わりというわけではないが、間を空《あ》けずに僕は応じた。

「そう、だね。小さい頃から、ずっと一緒にいた仲さ。意地っ張りで、不器用《ぶきよう》で……好きだったよ、すごく」

我ながらぶっきらぼうな応え方をしたと思う。しかし、素《す》のままの言葉で応えたつもりだ。

それを聞いて、アザミは「そうか」と短く言うと、今度は鼻をすり始めた。

不思議に思って顔を上げると、アザミは先にも増して大粒の涙を零《こぼ》しながら、プルプルと身体を震わせていた。

「か、悲しいだろう。長く連れ添ったやつと別れるというのは、身を焼かれるほどに辛いことだ。うっ……ぇっ……なんと言葉をかけていいやら……」

あぁ、なんか……人間だなぁ。この人。

出会ってすぐの相手に、こんな風に感情移入できる人なんて、そうそういない。本当「メデューサ」なんて言葉が、つくづく似合わない人だ。

ボロボロと涙を落とす蛇の目は、僕らに流れる血と同じ、痛みの色をしている。悩まされ続けた、忌《い》まわしい色だ。

もちろん、アザミの話したことを、手放《てばな》しで信じるという訳ではない。だけど、それよりも先に立つ、小さくて大きな理由がある。

僕らは「化《ば》け物《もの》」と呼ばれ、忌み嫌われることの虚《むな》しさを知っている。

この目の色をしたやつを、嫌いになれる訳がない。


……キドだったら多分そう言うだろう。僕はそれに倣《なら》うことにする。


「もう、しょうがないさ。キドは、僕たちのために頑張ってくれた。あの子がいないなんて寂しいけど、生かしてもらったからには、泣いてばかりもいられないよ」

そう言いきって、僕は立ち上がった。

言葉の半分は本心。でも、もう半分には嘘がある。その嘘が溶《と》け始める前に、今は迷わず進まなくてはならない。

「話してくれてありがとう、アザミさん。それで、これからどうしたらいいの？」

「……サンはいらん。アザミ、だ」

一度大きくしゃくり上げたあと、アザミは涙を拭《ぬぐ》いながら不満げに漏らした。

「あぁ、えっと……それ、大事なことかな」

「当たり前だ。昔にもらった……大事な名前なのだ」

……なるほど、それは確かにとんでもなく重要なことだ。

どこまでも人間臭いアザミに、僕は短く「解った」と返し、コノハ君に宿った『冴える』の方へと向き直った。

先ほどとまったく変わらぬ立ち姿の『冴える』は、その表情も相《あい》まってまさしく異様そのものだ。

虚《うつ》ろな双眸《そうぼう》に光はなく、魂《たましい》を抜かれたかの如《ごと》く佇《たたず》むその姿からは、もはや一片《いっぺん》の感情すらも感じ取ることができなかった。

ここまでの状態だ、傍目《はため》に見れば決着がついたようにも見えるだろう。しかし、きっとこれではダメなのだ。

少なくとも、コノハ君の身体が乗っ取られたままだというのに、このまま放っておく訳にはいかない。

それに、またいつ動き出して襲ってくるかも解らないのだ。

だからこそ先ほどは叶わなかった『冴える』に対する根本的《こんぽんてき》な対処《たいしょ》を、なんとか成《な》し遂《と》げなければならないのだが……。

僕があれこれと思い巡らせていると、アザミが徐《おもむろ》に口を開いた。

「孫の力では、数分固めるのが限界だろうと考えてな。つぼみの……『隠す』の力を使ったのだ」

キドの『能力』を使った、という言葉に、胸がジクリと痛んだ。

いくら事実を理解していても、やはり、とてもおいそれと受け止められるような現実じゃない。

僕が反応しなかったせいか、アザミがちらと僕の顔を見た。慌《あわ》てて気を持ち直し、アザミの言葉について考える。

『隠す』を使ったというのは、どういうことだろう。キドの『能力』は、限りなく「認識」を薄くする力だったはずだ。

「えっと、姿が薄くなっているようには見えないんだけど……どういう使い方をしたのさ」

「姿？　あぁ、自分を『薄くする』のは『隠す』の使い方の一つにすぎん。まぁ、簡単な話だ」

そう言ってアザミは『冴える』を指差すと、そのまま彼の周囲をなぞるかのごとく、宙空《ちゅうくう》でぐるりと指を回した。

「彼奴《あいつ》の『この世の事象《じしょう》に対する全ての感覚』を消したのだ。音も、光も、自身の鼓動でさえも、もはや彼奴は認識できん。無明《むみょう》の世界に閉じ込めてやったようなものだ。身体の動かし方すら解らんだろう」

冷酷《れいこく》さすら覚えるその口ぶりに、僕は思わず背筋を震わせた。『冴える』を睥睨《へいげい》するアザミの表情には、先ほど感じた思慮深《しりょぶか》さは微塵《みじん》も残っていない。

相手の全感覚を消し去るなんて、常識はずれもいいところだ。

『能力』を使いこなすなんてもんじゃない。僕は改めて、目の前にいる彼女が正真《しょうしん》正銘《しょうめい》の「メデューサ」なのだと実感した。

「しかし、所詮《しょせん》は時間稼ぎだ。そう長くは持たん」

アザミはそう言うと、『冴える』の方へと歩み出した。慌てて僕もそのあとを追う。

『冴える』の正面に立つと、アザミはマジマジと彼のことを見回し、深くため息をついた。

「やはり、少しずつ身体を組み替えている……。おそらく『醒《さ》める』を使って、私の力の及ばん肉体を造り始めているのだろう。元より彼奴は私の力のことなど熟知《じゅくち》しているだろうから、当然といえば当然だが……」

「それってつまり……？」

僕が訊くと、アザミは冷《ひ》や汗《あせ》混じりに口の端《はし》を引きつらせた。

「もう少々もすれば、此奴《こいつ》は『二度とこの手が通じない身体』を手に入れた上で、動き出すということだ」

途端、脳裏《のうり》に先ほど喉を扼《えぐ》られかけた時の記憶が鮮烈《せんれつ》に蘇《よみがえ》った。

普段の柔らかな表情とはかけ離れた、残虐《ざんぎゃく》なコノハ君の笑み。下手《へた》に思い出すだけでも、身体が震えてどうにかなってしまいそうだ。

「や、やばいって！　ただでさえ手に負えないのに……そんなのどうすりゃいいってのさ！」

「ま、ま、まて！　落ち着け！　ある程度のことくらい予想していたに決まっているだろうが！　あちらの世界での長い時間、私もただで過ごしていたわけではないのだ。無論《むろん》、対策もちゃんと考えてある」

オーバーな挙動《きょどう》でブンブンと手を振ったあと、アザミは腕を組み、ふんすと鼻息を荒くした。

なるほど、考えてみれば当然か。そもそも『冴える』自体、元はアザミの『能力』の一部だったんだ。

不意《ふい》打ちや、策略《さくりゃく》にハメられでもしない限り「メデューサ」の力を持ったアザミは、絶対的有利な立場にあるに違いない。

それだというのに少し怖い話を聞いたくらいで騒ぎ散らすなんて、僕も大概《たいがい》恥《は》ずかしいことをしてしまった。アザミも相当に自信があるようだし、ここは任せて見守ることにしよう。

僕が期待して見ていると、アザミは「まぁ、見ていろ」と言って両手を『冴える』に向けて突き出し、静かに目を閉じた。

「いくら知恵が回ろうと、いかに強靭《きょうじん》な身体を手に入れようと、所詮此奴は『合体せる』の支配下にある一つの『能力』にすぎん。引っ張り出して、強制的に服従《ふくじゅう》させてやる……！」

瞑目《めいもく》したまま、アザミがウンウンと唸《うな》り始める。心なしか、周囲にもどこか荘厳《そうごん》な雰囲気が漂《ただよ》い始めたように思えた。

あぁ、長かった僕らの戦いにも、いよいよ終幕の時が来たのか。家族を失い、仲間を失い、本当に色々なことがあった。

これが終わったとしても、失ったものは返らない。でもシンタローくんが、キドが、そして姉ちゃんが守ろうとしたものは、敵の手に堕《お》ちずに済んだのだ。その事実が残ったというだけでも、今の僕にとっては救いに思えた。

アザミにも感謝しなくてはいけない。アザミが来てくれなければ、今頃は……。


「……あれ？」


今、アザミがなにか不吉なことを言ったような気がしたが、気のせいだろうか。確かに「あれ？」と言ったように聞こえたが。

見ると、アザミはギュッと瞼を結んだまま、相当に力《りき》んでいるようだった。先ほど『冴える』を引っ張り出すと言っていたが、この様子だと相当に難儀《なんぎ》なことらしい。

頑張れ、アザミ。勝ち負けの話ではないかもしれないが、とりあえず負けるな……。


ウーン、ウーンと唸り続けるアザミ。

……いや、本当に大丈夫か。なんか、ふぅふぅ言い始めたけど大丈夫か、アザミ。

ちょっと待て、今一瞬、コノハ君の顔見て「え、まだ出てこないの？」みたいな顔してたけど大丈夫かアザミ。

さっき「長い時間ただで過ごしてきたわけじゃない」とか言ってたじゃん。ちょ、なに泣きそうになってるんだよ、頑張ってアザミ、本当に……。

「……も、もうダメだ」

顔面蒼白《がんめんそうはく》で振り向いたアザミに、もはや「メデューサ」の威厳《いげん》など欠《か》けらも残っていなかった。

そして多分、僕も同じような顔色をしているのだろう。ただでさえ陰気《いんき》な室内の空気がじっとりとした静寂《せいじゃく》に包まれ……そして破られた。

「いや、えええええ!? ちょっと待って、さっきめっちゃ自信満々だったよね!?

『あいつも一つの『能力』にすぎん……』とか言ってたの、あれなんだったのさ!?」

「うううぅうるさい!! 知るか!! 必死にやったわ!! なんでか知らんが、全然言うことも聞かんし、こう……なんかダメだったのだ」

「『なんかダメだったのだ』ぁ!? 勘弁《かんべん》してよ、僕めちゃくちゃ期待してたのに!! どうすんのさこれ!! ねぇ!!」

「な!? 私だって頑張ったのだ、そんな言い方せんでもいいだろう!! 文句があるならお前がやれ‼　お前が‼」

「はぁ⁉　できるわけないでしょ⁉　なんのために来たんだよもおおおお‼」

などと僕らが不毛《ふもう》な言い争いをしていると、突如《とつじょ》「バァン！」と豪快《ごうかい》な音をたてて、研究室のドアが開け放たれた。

『うわあああああああああああっ‼』

突然の、それも予想だにしない方向からの爆音に、思わず僕は飛び跳《は》ねた。そして、アザミも飛び跳ねた。なんなら僕より高く飛んでいた。

「みんな、大丈夫⁉　うまくいってる⁉　って……あれ、マリーちゃん、イメチェン？」

息を切らしながら現れたのは、キサラギちゃんだった。アザミの乗り移ったマリーの姿を見て、ポカンとした表情で首を傾《かし》げている。

頬に鱗の浮き出た友人を前にして「イメチェン」とは恐れ入る。それをこんな状況に飛び込んで来て開口一番宣《かいこういちばんのたま》えるのだから、まさにキサラギちゃん、という感じだ。

しかし、キサラギちゃんが来たということは、あいつも来ているはず。開け放たれたドアの方に視線を向けると、背の高い影がフラフラと現れるのが見えた。

「ちょ、さ、先に行きすぎっす、キサラギさん……はぁ……ひぃ……」

肩で息をしながら現れたセトは、まるで完走したマラソン選手かの如《ごと》く腰に手を当て、喘ぐようにそう言った。


キサラギちゃんは「陽動作戦」のあと、僕らと合流する手はずになっていた。セトも一緒ということは、概《おおむ》ね作戦通りにここまでやって来たということか。

セトの任務は、端的《たんてき》に言えばキサラギちゃんの護衛だ。周囲に敵の増援と思《おぼ》しき不審な「声」がないか探りつつ、敵勢力との遭遇《そうぐう》を避ける、いわば「ソナー」の役割である。

『能力』を多用するということで、セトはあまり気乗りしないいんじゃないかとも思ったが、当のセトは「任せてくださいっす」と頼もしい返事で応じたものだから、少々驚いた。

まぁ、息も絶え絶えの様子を見るに、相当振り回されてしまったみたいだけど。

「あぁ、セトさん。先に行っちゃってすみません。なんていうか、思いのほかセトさん、足遅かったもんで……」

キサラギちゃんは申し訳なさそうに頭をかきながらそう言ったが、なんとまぁ、言葉選びが最悪だった。

セトは「すみません……」と力なく笑った後、表情に影を落とした。あいつは体力こそあるものの、わりかし足は遅いのだ。

しかし護衛を置いて突っ走ってくるとは、やはりキサラギちゃん、ただ者ではない。まぁ、キサラギちゃんの『能力』も相当に強力なものだし、本気で使えば敵の一人や二人どうってことはないのだろうが。

「それでカノさん、えっと……この状況はどういう？」

キサラギちゃんは辺りをキョロキョロと見回して、再び首を傾げた。おそらく、シンタローくんとキドの姿がないことに、気がついたのだろう。

それを察した僕は、胃に冷や水を流し込まれたような気持ちになった。先ほど自分が味わったあの絶望感を、このあとキサラギちゃんは知ることになるのだ。

僕がキサラギちゃんの呼びかけに応えられないでいると、不意にアザミが僕の服の裾《すそ》を引っ張ってきた。

「おい、小僧《こぞう》。あいつは仲間か」

僕ら二人の立つ場所と、キサラギちゃんとの間には少々距離がある。僕はキサラギちゃんに声が届かぬよう気を配りつつ、手早くアザミに耳打《みみう》ちした。

「そうだよ、メンバーの一人さ。さっきカゲロウデイズに飲み込まれた男の子の、妹だよ」

それを聞いてアザミは「うっ」と声を漏らした。先の僕の告白にあれだけ感情移入していたような人だ。これだけ言えば、僕がキサラギちゃんへの返答に二の足を踏んでいる理由も、大体察しがつくだろう。

とはいえ、状況が状況だ。飲み込まれた仲間のこと、そしてコノハ君のことを二人に隠しておくわけにもいかない。

『冴える』が再び暴れ出したとしたら、それこそゲームオーバー。ここにいる全員、瞬く間に物言わぬ肉塊《にくかい》に変えられてしまうだろう。それだけは、何としても避けなくてはならない。

しかし、どう伝えるのがいい？　下手に伝えて、二人が完全に戦意を喪失《そうしつ》したらどうする？　それだけならまだしも、逃げることすらも諦《あきら》めたとしたら？

しかしそんな僕の逡巡《しゅんじゅん》を差し置いて、唐突にアザミがそれを口にした。

「お前の兄は……『カゲロウデイズ』に飲み込まれた。つぼみも同じだ。あいつらは勇ましく立ち向かい、そして死んだのだ」

いきなりの発言に、心臓がビクッと跳ね上がった。

「ばっ、ばか……！」

伝え方ってものがあるだろう。

僕はそんな言葉を挟もうとしたが、毅然《きぜん》としたアザミの振《ふ》る舞《ま》いに気圧《けお》され、口を噤《つぐ》んだ。

キサラギちゃんは表情を強張《こわば》らせ「え」とか「あ」とか言葉にならない声を漏らす。

セトも同じように動揺した様子でワナワナと震えたかと思うと、直後脱力し、目を落とした。

痛々しいまでの二人の反応に、僕もたまらず目を伏《ふ》せる。伝わってしまったのだ。

どうしようもない現実が、どうしようもないほどに。

二人がこの現実に向き合えるまで、どれくらいの時間がかかるだろう。いや、そもそも向き合ったところで、耐えることができるだろうか。

しかし、そんな僕の心配をよそに、その沈黙は長く続かなかった。

「そう……なんだ。そっか、そっか……」

溢《あふ》れ出んばかりの何かを押し殺し、それを少しずつ絞り出したかのような、キサラギちゃんの言葉。

その言葉を掬《すく》い上《あ》げるように、アザミが返す。

「遣《や》り切《き》れない気持ちも解る。しかし、ここで腐ってはあいつらの犠牲《ぎせい》が無駄《むだ》になってしまう。まだなんの一つも解決しておらんのだ。だから……」

そうしてアザミが言い切る前に、声が重なった。

「……解った。私にできること、あるかな」

思わず顔を上げる。視線の先、キサラギちゃんの表情には、一片の迷いも見当たらなかった。

鈍くなっていた頭が、陽光に晒《さら》されたかのようにじんわりと意識を晴らす。

僕はこの顔を、思い出せるだけで今までに二度、見たことがある。

忘れもしないあの日、夕暮れの屋上で決意を固めた姉が。そしてほかでもない彼女の兄が、この表情を浮かべて僕らの先頭に立っていた。

キサラギちゃんは、自分の兄の遺志を受け継ごうとしているのだ。それに当てられたのか、セトも少々涙ぐんでいるようには見えたが、無言の頷きで応える。

そんな二人の顔を順に目で追うと、アザミは「どうする」と言わんばかりに僕の顔を見た。

……本当に、どうかしている。

理不尽に苛《さいな》まれ、何度も絶望を突きつけられたというのに、誰一人として「諦めない」。

どうやら僕が思っている以上に、うちの団員たちの決意は強固《きょうこ》なものらしい。本当、団長に見せてやりたいくらい。

ふと、シンタローくんの掲《かか》げた今回の作戦の「最終目標」が頭をよぎる。

それはひどく子供じみた標語のようなもので、それをシンタローくんが大真面目な顔して言うものだから、皆おかしくって笑ってしまった。

でも、皆ちゃんと解ってる。それは虐《しいた》げられた僕らが、命をかけて手を伸ばすに値《あたい》するものだって、ちゃんと。

「……本当、敵《かな》わない」

やっぱりなんだかんだで彼なんだなぁ、と僕は苦笑いを浮かべた。

とにもかくにも、意思確認は済んだ。しかし、今後のことを話す前に、もう一つやらなきゃいけないことがある。

僕は短く息を吐いて、傍《そば》に立つ「メデューサ」に助言する。

「とりあえず、君の自己紹介からじゃない？」

あどけないマリーの顔をしたまま、厳《いか》めしい口調で語り散らした本人は「なんのこと だ」とばかりにキョトンとしている。

視界の端に「いつ突っ込もうかと思ってた」と首を縦に振る二人の姿が見えた。

……そりゃあ、これだけキャラが違うと「イメチェン」って言葉じゃ無理がある。

＊

濃い薬品の臭《にお》いを孕んだ研究室内の空気は、相も変わらず張り詰めている。

見回す限りに配置された液晶《えきしょう》ディスプレイの、毒々《どくどく》しいとさえ思えるほどに輝度《きど》の高い光に照らされながら、僕らはめいめい寄り合って頭を捻《ひね》っていた。

アザミのたどたどしい自己紹介が正しく二人に伝わったのかどうかはさておき、僕らは大まかな情報共有こそ済ませたものの、依然《いぜん》として状況は芳《かんば》しくない。

アザミの言《げん》だと『冴える』を制御《せいぎょ》し無力化《むりょくか》するという筋は絶望的なようだが、別の手段を考えるにしても、なんら対案は浮かんでこないのが現状だ。

室内に時計の類《たぐ》いは見当たらないが、それが尚更《なおさら》に焦燥感《しょうそうかん》を掻き立てる。押《お》し迫《せま》る不可視《ふかし》のタイムリミットに、僕らの精神はみるみる摩耗《まもう》していった。

そんな中、僕はふと浮かんだ根本的な疑問をアザミに投げかける。

「っていうか、そもそも『目の能力』って元はアザミの持ち物なんでしょ？『隠す』だってめちゃくちゃ使いこなしてたみたいだし……なんで『冴える』だけ、自分の思うようにコントロールできないのさ」

すると、アザミは「これだから素人《しろうと》は」と言わんばかりに肩を竦《すく》めた。なんだろう、無性《むしょう》に小突《こづ》きたくなる。

「お前とて腹が減れば食い、眠ければ寝るだろう。それをわざわざ理屈《りくつ》立ててやらんのと同じように、『能力』にもそれぞれが優先する『欲求』のようなものがあるのだ」

そう言ってアザミはキサラギちゃんの胸をツンと突いた。キサラギちゃんは特に避けるでもなく突かれていたが、その光景からセトが目を逸《そ》らしたのを、僕は見逃さなかった。有事《ゆうじ》だぞ、兄弟。

「例えばお前の持つ『奪う』は『他者に認識されたい』という願望が大《だい》の好物《こうぶつ》だ。それぞれ嗜好《しこう》は違うが、全ての『能力』はその願望を糧《かて》とすることで存在し続ける。そして、その願望を取り上げられることを酷《ひど》く嫌うのだ」

言われてみれば僕も『能力』を手に入れた時、誰かにそんなことを問われたような気がしないでもない。アザミは生理《せいり》欲求《よっきゅう》に喩えて言ったが、自然と僕の頭にはそれが飢《う》えた蛇のイメージで浮かんだ。

蛇は執念深《しゅうねんぶか》いという言葉を聞いたことがあるが、願望を糧とする『能力』が蛇の姿を象《かたど》るのも、そこに由縁《ゆえん》があるからかもしれない。

「しかし、願望ばかりを貪《むさぼ》っていられては堪まったものではない。人間は『欲望』に対し『理性』を利《き》かせるだろう？　『能力』に対しその役割をするのが『合体せる』なのだ」

アザミはキサラギちゃんの胸を突いていた指をヒラリと自分のこめかみに回し「こ

れね」といった具合に、指してみせた。

キサラギちゃんは「な、なるほど」と、あまり解ってなさそうな様子でコクコクと頭を動かす。

「大抵の『能力』は『合体せる』の前に問答無用《もんどうむよう》で屈服《くっぷく》する。『能力』を撚《よ》り集めれば、それこそ『カゲロウデイズ』のような『別世界』すら創《つく》ることもできる。しかし『冴える』がそれに屈しないということは『合体せる』の命令よりも優先される強い欲求に従《じゅう》じているからだろう。それがなんなのかは解らんが、操れん以上どうすることもできない」

アザミはそこまで言うと、しょんぼりとした様子で首を垂《た》れた。やたらと万能《ばんのう》な『能力』を生み出したくせに、本人があまり有能でないのが甚《はなは》だ疑問である。

いや、違う。だからこそ『能力』が生まれたのだ、と考えるべきなのかもしれない。

おそらく『能力』というのは、非力《ひりき》なアザミ自身の「様々な願望」を叶えるべく生まれたのだろう。

そうして何の因果《いんが》か『カゲロウデイズ』が生まれたのを境に、かつてのアザミと似たような「願望」を持つ僕らに乗り移ったのだ。

その理屈でいくと、団員たちはそれぞれの持つ「なにかしらのジレンマ」が、蛇に気に入られたということになる。

キサラギちゃんの『奪う』の嗜好が「承認欲求《しょうにんよっきゅう》」だとするなら、セトの『盗む』が反応した願望は「他者の気持ちを知りたい」といったところだろうか。

その願望を喰《く》らい、その願望を叶え、在《あ》り続けようとする『十の能力』。

僕らは各々《おのおの》ある種の制限の上でしか『能力』を使えないが『合体せる』を持つアザミが『冴える』に使った『隠す』の力は、まさしくこの世の理《ことわり》に反するかのような、異質にして絶対的なものだった。

あれが『能力』の本来の力だとするのなら、もはやその力は異常なんて言葉で語るような次元じゃない。


例えば『隠す』を使い「この世のありとあらゆる物を認識できなくする」なんてこともできるのだろうか。

もしくは『欺く《あざむ》』を使って「この世のありとあらゆる物をまったく別の物」だと認識させることができたとしたら？

そして、その効果対象を「人」ではなく……例えば「世界」に対して使うことができたとしたら？

「世界」は『能力』によって「現実」を失い「空想」は『能力』によって「現実」に成り替わる。

そうして「空想」を「現実」と誤認《ごにん》した「世界」を、たった『十の能力』が思うままにするなんてこともできるのではないだろうか。

ノートの隅《すみ》にでも書いてあれば笑い飛ばされてしまいそうな突飛《とっぴ》な話だが、しかしそう考えてみると、僕らの『能力』と『カゲロウデイズ』が一つの線で繫《つな》がるようにも思えた。

この『能力』に世界のルールすら書き換えてしまう力があるとするなら『冴える』が気の遠くなるようなシナリオを企《くわだ》て、僕らの『能力』とマリーの『合体せる』を狙《ねら》い続けたのにも頷ける。

そうだ。かつて夕暮れの屋上で聞いた『冴える』のあの言葉……僕らの『能力』さえあれば、あの言葉が「叶って」しまうのだ。

一体、なんのために。未《いま》だにそれだけが解らないが、あいつは間違いなくこの力を使ってそれを実現させようとしている。

メデューサの力を使って『この世界の全て』を巻き戻し、全てを0《ゼロ》に還《かえ》そうという企みを。

漠然《ばくぜん》と認識していた「最悪のシナリオ」が、ここにきて無慈悲《むじひ》なほどに現実味を帯び始める。

ただでさえ碌《ろく》な案も出てこない頭が、鎌首《かまくび》を擡《もた》げ始めた絶望感によってみるみるうちに侵食《しんしょく》されていくのがわかった。

どう悩んでも、絶望を撥《は》ね退《の》ける名案が浮かんでこない。

やはり、僕らはここでお終《しま》いなのだろうか。どう考えたって、こんな突飛な状況を打破する策なんて……。

突飛……突飛……。

待てよ。さっき僕は、頭に何の名前を浮かべていた？

「……あ……ア」

か細く、弱々しく、しかし僕の脳裏《のうり》に蟠《とぐろ》を巻く「絶望」を、まさしく具現化《ぐげんか》したような上擦声《うわずりごえ》。

それは僕の鼓膜《こまく》から頭蓋《ずがい》を易々《やすやす》と貫通《かんつう》し、わずかな希望にすがろうとしていた脳髄《のうずい》に「死」の一文字を焼き印した。

生存本能に嗾《けしか》けられ、僕を含む三人は撥ねられたように彼から距離を取る。

対照的にアザミは彼との距離を瞬時に縮めると、華奢《きゃしゃ》な両腕を目一杯に伸ばして彼の前に立ちはだかった。

「逃げろッ！　何も考えずに走れッ‼」

マリーの喉から出たとは思えないほどの覇気《はき》を纏った声に、思わずつま先が部屋の出口に向く。

しかし残念なことに、我が身の危機を優先できるほど僕の頭は自己愛に満ちていなかった。残す二名も同じ所存《しょぞん》のようで、僕らは誰一人、従うことなくその場に踏みとどまる。

「なっ、何をしている！　早く……」

「そうしたいのはやまやまだけど、団長から言ったことは最後までやれって教育されていてね。それに、逃げたところでどうせそのうち殺されるでしょ、僕ら」

憎まれ口が叩けたのは、おそらく頭が麻痺《まひ》していたからだろう。

身体の方はすっかり震え上がってしまっていたが、どうやらまだ口の方は言うことを聞いてくれるようだ。

「そうだよマリ……じゃなかったアザミちゃん。あなたのこと置いてけるわけないじゃん。一人で戦おうなんて、ちょっとかっこつけすぎ」

世に悪名高《あくみょうだか》い「メデューサ」をちゃん付けとは、いやはや、この子はもう伝説だね。

そんな僕らにアザミは言葉を失くしてしまったようだったが、やがてどこか観念《かんねん》したような口ぶりで「馬鹿者どもが」と吐き捨てた。

仰《おつしや》るとおり、何を宣ったところで何もできないんじゃあ「馬鹿者」もいいところ、ただ弱点に成り下がるようなものだ。

眼前では、溢れんばかりの不吉を撒《ま》き散《ち》らしながら、黒く変色したコノハ君の身体がゆっくりと動き始める。

しかし目だけは未だ虚ろなまま、こちらを向く気配を感じなかった。どうやらまだ精神の方は闇の世界を揺蕩《たゆた》っているようだ。

とはいえ、あれがさっきの俊敏性《しゅんびんせい》を取り戻し、僕らに飛びかかって来るまで、それほど時間はかからないのだろう。

もはや、策《さく》を弄《ろう》する時間もない。しかし、此《こ》の期《ご》に及んで一つだけ、閃《ひらめ》いたことがあった。

素人考えには違いないが、他に策がないなら訊く価値はある。先ほどわずかに脳裏をよぎった「光明《こうみょう》」の正体が、皮肉にも彼の半覚醒が衝撃となって、今や頭にはっきりと思い浮かんでいた。

「ねえ、アザミ。……『カゲロウデイズ』を呼ぶことはできないの？」

僕の問い掛けに振りかえったアザミの瞳には、熟《う》れ落ちた柘榴《ざくろ》のような紅《くれない》が張り付いている。

あの目……『合体せる』は、先ほど確かに『カゲロウデイズ』を呼び寄せた。あの世界に彼を飲み込ませれば、決着とはいかないまでも、この場の収拾《しゅうしゅう》はつくはずだ。

もちろん、それは「コノハ君の身体をあの世界に放り込む」という非情《ひじょう》極《きわ》まりない考え方でもある。しかし、コノハ君は乗っ取られてはいるものの「死んでいるわけではない」。

僕らはかつて『能力』を命の代わりにすることで『カゲロウデイズ』から戻ってきたのだ。そもそも生きているコノハ君が、こちらの世界に戻ることができる道理《どうり》もあるんじゃないだろうか。

このまま意識を乗っ取られた友人に全員仲良く嬲《なぶ》り殺され、目も当てられないようなバッドエンドを迎えるか。

もしくは「延長戦《えんちょうせん》」に持ち込み、一計《いっけい》を案《あん》じる時間を手に入れるべきか。

少なくとも、飲み込まれていった仲間に託《たく》された「未来」が前者にあるとは、到底《とうてい》思えなかった。

「……お前、いつからそれに気づいていた？」

そう訊《たず》ねるアザミの言葉の端には、僅《わず》かな狼狽《ろうばい》の色が混じっていた。

「その手は思いつかなかった！」とか「仲間を敢《あ》えて飲み込ませるなんて！」とか、そういう類《たぐ》いではない。

「気づいて欲しくなかった」とでも言いたげな、ぎこちないニュアンス。

その違和感《いわかん》に勘付《かんづ》きながらも、僕は端的《たんてき》に返答する。

「ついさっきだよ。『カゲロウデイズ』にあいつを飲み込ませることができたら、少なくとも全滅を免《まぬが》れることができる。もちろん、コノハ君がそのあと救出できるのか、聞きたいとこではあるけど」

「……確かに『合体せる』を使えば『カゲロウデイズ』への入り口を開くことはできる。しかし……開くことができる、だけだ」

やはり僕の案に驚いている訳でも、完全に無理な話という訳でもないらしい。

先ほど言葉に覗かせた狼狽の色をはっきりと表情に浮かばせながら、アザミは補足する。

「『カゲロウデイズ』は死に瀕《ひん》した者しか飲み込まんのだ。もはや死などとっくに克《こく》服《ふく》した彼奴を飲み込ませるには『カゲロウデイズ』の性質を変えねばならん。しかし……」

アザミは言葉を切ると、観念《かんねん》したかのように語勢《ごせい》を強め、こう続けた。

「『合体せる』の力だけでは『カゲロウデイズ』の性質は書き換えられん。少なくとも『十の能力』のうちの半分……お前らの命の代わりになっている『能力』を、この身に宿す必要がある」

「僕たちの、命……」

頭の中に、蛇が並ぶ。

マリーの『合体せる』。

キサラギちゃんの『奪う』。

僕の『欺く』。

セトの『盗む』。

そして、すでにマリーの一部となった、キドの『隠す』。

能天気《のうてんき》に「命の数」を数えた僕は、その数がちょうど十の半分を示すことに気づく。

「彼奴を固めてすぐ……お前が意識を失くしている間に、もう試していたのだ。『合体せる』と『隠す』だけでは『カゲロウデイズ』の口を開くことしかできん。だけど……言いたくなかったのだ。お前たちは、惑《まど》うことも逃げることもせん。私がこれを言うと、お前らは……」

アザミはそう言うと、真っ赤な瞳を子供のように濡《ぬ》らした。

その有様《ありさま》に「化け物」と呼ばれ、畏《おそ》れられた「メデューサ」の面影は見つけられない。

会った時からずっと感じていることだが、どうも、この人は感情移入《かんじょういにゅう》し過ぎる質《たち》のようだ。

人のことなのに、それをそのまま受け止めて、自分のことのように涙を流す。

大体の人間はそういう風にできていないのに、それを彼女ができてしまうなんて、なんだか笑っちゃうような話だ。

あぁ、本当。とんでもない人生のくせに、僕は優しい人ばっかりに出会ったなぁ。

キサラギちゃんはアザミのところまで歩み寄ると、その身長に合わせるように腰をおり、そのまま抱き寄せた。

「……悩んでくれてありがとう。でも、あなたにだったら任せられる。だって大親友の家族だもん」

「う……え……」

アザミはそれに返すこともせず、情けなく嗚咽《おえつ》を漏らした。

その様はまったくもって頼りなかったが、命を委《ゆだ》ねるに値するというキサラギちゃんの弁には、僕もまったく同感だった。

一応、と思ってセトを見ると「当たり前じゃないっすか」と言わんばかりに、苦笑いで返す。

こいつとも、本当に色々あった。

忌々《いまいま》しい「化け物部屋」も、今となっては懐かしい。あの二段ベッドの上で、どこかに「幸せ」はないものかと顔を突き合わせ、笑い、泣いた日々は、思い返すとまるで昨日のことのように色めいている。

本当、思い出を語り明かすような時間がなくてよかった。……語ればきっと、続きを期待してしまっていただろうから。

……そうしてそれは、無慈悲《むじひ》に、唐突《とうとつ》に訪れる。

「グガァアアァァアアアァァッ!!」

一度大きく身体をうねらせ、『冴える』が獣《けもの》じみた咆哮《ほうこう》をあげる。濁黄色《だくおうしょく》の眼球はぐるぐると室内を睨《ね》め回し、そうして僕らの方を向くと、ピタリ、とその動きを止めた。

「ザンネンだっタな、クソガキどモ」

鼓膜に張り付く、蛇の舌舐《したな》めずりを歪ませたような、神経を逆撫《さかな》でする声。

もはやその声に、かつての友人の名残《なごり》は見当たらなかった。

「……ッ!」

凄烈《せいれつ》な悪寒《おかん》に、明確な殺意に、身体中が壊れたように打ち震える。

まさしく絶望の権化《ごんげ》と化した『冴える』は、両手をダランと垂らし、獰猛《どうもう》な視線を宙に這《は》わせていく。そうしてアザミに照準《しょうじゅん》を合わせると、グニャリ、と口角《こうかく》を吊《つ》り上げ、そして……。

……一歩。

彼の漆黒の右足が、尋常《じんじょう》ならざる脚力《きゃくりょく》でもって床に振り下ろされる。

耳を聾《ろう》さんばかりの爆音が轟《とどろ》き、弾《はじ》け飛《と》んだ金属製の床タイルが、壁面のディスプレイにザクザクと突き刺さった。

その勢いを推進力に変え、弾け飛ぶように発射された『冴える』の身体は、漆黒の弾丸となってアザミの眼前に迫る。

言葉も出せぬ間の、圧倒的暴威《あっとうてきぼうい》の行使。

その絶望の来襲を真正面から捉えたキサラギちゃんは、刹那《せつな》、抱きかかえていたアザミを真横に突き飛ばした。

宙に浮くアザミの真紅《しんく》の双眸が、これ以上ないほどに見開かれる。

「未来」を、身を盾《たて》にして庇《かば》う彼女の姿に『能力』の気配は感じない。

それだというのに、彼女の決意が、魂が、僕の目を釘付《くぎづ》けにさせた。

アザミの叫びが、迫る轟音《ごうおん》にかき消される。

漆黒の影を眼前にしながら、キサラギちゃんは困ったように微笑《ほほえ》み返す。

そうして「よろしくね」と言ったが最後、彼女の身体はゴム人形のように弾け飛び、叩きつけられた壁面と床に、真っ赤な血の海を作った。

あまりに一方的な惨劇に、誰一人として叫び声すらあげられない。

そうして、次はお前だと言わんばかりに、『冴える』の目が「マリーの姿」を捉えた。

瞬く間にマリーの面前へと身を移すと、その首を摑み、軽々と宙へ持ち上げる。

酷《ひど》く怯《おび》えたようなマリーの様子に『冴える』は恍惚《こうこつ》の表情を浮かべる。

「やめて……お願……」

その言葉を待つこともせずに『冴える』はマリーの右腕を摑み、ひねり上げるような要領《ようりょう》で、ブツン、と引《ひ》き千切《ちぎ》った。

「っあぁあぁあぁ!!」

激痛に絶叫する様を、してやったりとでも言いたげな笑顔が満足そうに見つめる。

「コロさないトでもオモッタかァ？　アはハはハハはは!!」

脳内に響き渡る下卑た笑い声に、目の前が眩《くら》む。

追い打ちとばかりに放たれた右の拳《こぶし》が、マリーの脇腹《わきばら》を抉《えぐ》り取った。

盛大な水音を撒き散らしながら、滝のような血が床へと流れ落ちる。

……あぁ、終わった。全て終わった。

いつか夢見た世界の続きは、どうやら僕には見られないらしい。

あぁ、悔しいなぁ。あと少しで届きそうだったんだ。次があったら、もっと上手くやれると思うんだけど、そんなのないよね。漫画じゃないし。

でも、まぁ最後に一つだけ。

役立たずの人生に、花を持たせられたんじゃないかって、そう思う。

『痛みによってマリーの姿が解除された僕』は、驚いたような『冴える』の顔が嬉《うれ》しくって、たまらず口角を歪ませてしまった。

腕も、脇腹も、もうとっくに痛みは感じない。二回目ともなれば、これがどういうことかもなんとなく解る。

朦朧《もうろう》とする意識の中で『隠す』を使っていた「本物のアザミ」が、姿を現すのが見えた。

背後に五本の白い蛇を従え、激昂《げっこう》の表情を浮かべている。

あ、そうか。僕の『能力』も、もうアザミのところへ行ってくれたんだ。なんだかんだで、やっぱり失くなっちゃうと寂しいな。

なんにせよ、最後の最後でキドの『隠す』と一緒に戦えたっていうのは、嬉しくもない。ちょっと出来過ぎだって、思うくらい。

いつのまにか僕は地面に放り出されていた。しかもその角度が悪くって、僕の目は最後『冴える』の絶望的な表情を見つめることになってしまった。

本当、友達の顔でそんな顔するなよって感じだ。

『カゲロウデイズ』が口を開く。僕は静かに、黒くなった瞳を閉じる。

そうして最後、暗闇の中で、携帯のバイブ音を耳にした。

あぁ、そっかあの子もいたんだ。っていうことはなるほど、そういうことね。本当気が利いてるよ、まったく。


そうして、僕は終わっていく。


終わりの先で、一瞬だけ、好きなあの子の声が聞こえた気がした。

怒ったような声色に、思わず僕は振り返る。

そこには誰の姿もなく、それが何より、彼女らしかった。

しばらくつけていなかったテレビをつける。

数秒の間を置いて、画面には延々《えんえん》と続く色とりどりの車の列が映し出された。その後ろでは若い女性の声が「夏休み終盤《しゅうばん》に向け、首都圏《しゅとけん》主要道路ではさらなる混雑が予想され」などと、生真面目《きまじめ》に原稿を読み上げている。

カメラが切り替わると、薄紺色《うすこんいろ》のミニバンの中に、ハンドルを握る壮年《そうねん》の男性の姿が見えた。車内には他に、大きい影が一つと、小さい影が二つ。顔までは見えないが、なんとなく子煩悩《こぼんのう》な家族のイメージが頭に浮かぶ。

このまま少し観《み》てみようかとも思ったが、なんとなく、指がリモコンの電源ボタンを押してしまった。

そうして手持ち無沙汰《ぶさた》にしていると、静かになった室内に、どこからともなく蟬《せみ》の声が迷い込んできた。

昔から蟬の声はあまり好きじゃない。風流《ふうりゅう》だなぁと思って聞けているうちはいいが、次第にその声がいつまで続くのかと、心苦しくなってくる。

これだけ健気《けなげ》に声を上げているのに、彼らは決して、夏を越えることはできないのだ。

「蟬は一度しかない夏を精一杯《せいいっぱい》生きているんだよ」なんてことを言う人もいたが、それを解っていても、路傍《ろぼう》に転がる干《ひ》からびた姿を見るたびに、遣《や》り切《き》れない気持ちになった。

天を仰《あお》ぎながら干からびて、土に還《かえ》っていく彼らは、何を思って逝《ゆ》くのだろう。夏を越え、その先の景色を見てみたいと願うのだろうか。

もし、彼らがそんなことを思って死んでいくのだとしたら、ずいぶんと残酷《ざんこく》な話だ。

夏を越えれば、身も心も凍えるような冬が来る。そして彼らの身体は、そんな冬を生きるようにはできていない。神様は、初めから彼らに「夏の先」なんて、用意していないのだ。

そういえば、いつだったかカノが「神様なんて酷《ひど》いやつに決まっている」とボヤいていたことがあった。

周りは幸せそうな人ばかりなのに、自分たちばかりが不幸な思いをしている。それは神様が、自分たちに不幸を押し付けているからだ、と。

その時は「本当、その通りだ」なんて言って笑い合っていたものだけど、もしかするとそれが耳ざとい神様に届いてしまったのかもしれない。

「幸せ」の意味も知らずに「幸せ」を望んだ俺たちを、神様はどんな顔で、嘲笑《ちょうしょう》していたのだろう。


……気分が滅入《めい》る。よくないな。

俺はため息を零《こぼ》して、テレビの脇にデンと佇《たたず》む蛙《かえる》を象《かたど》った時計に目をやった。

あの子が買い物に出て行ってから、もう少しで一時間。行き先の距離を考えると、あと数分で帰って来てもおかしくない。

しかし、あの子のことだ。帰り道でちょっと元気な犬にでも出くわそうものなら、迂回《うかい》に迂回を重ねて二時間は余分《よぶん》にかかるだろう。

それで帰って来るのならまだいいが、もちろんここに辿《たど》り着《つ》かないなんて可能性もある。そうなれば、決死の夜間捜索《そうさく》を執《と》り行うことになるのは、言わずもがなだ。

「はぁ……」

二度目のため息が、唇を乾かした。

やっぱり一緒について行けばよかったか。しかし、そんなことを言って変に機嫌《きげん》を損《そこ》ねられると、与《あず》かり知らぬところでこっそり出て行かれる可能性もある。

まぁ、本人から甲斐甲斐《かいがい》しくしろと言われてるわけではないし「放《ほう》っておけ」と言われたらそれまでなのだけど、どうしたって心配性が消えるわけでもないのだから、我が心というのは本当に厄介《やっかい》だった。

あの子は、尊重《そんちょう》すべき個人であると同時に、俺の一番の大事な人でもある。自由に生きて欲しいが、危なっかしいことはして欲しくない。そのバランスの計り方を、未だに俺は見つけられずにいた。

「なにぼーっとしてるの？」

確かに、少しぼーっとしていたかもしれない。なんとなしに会話を交わす。

「ん～、ちょっと考え事っす。付き合い方のバランスって難しいっすよねぇ」

いる。

「ってうわあああ‼　いつ⁉　いつ帰ったんすか‼」

俺はソファから転げ落ち、右の肘《ひじ》をしたたかに床に打ち付けた。激痛《げきつう》に顔を歪《ゆが》ませながら振り返って見上げると、ソファの背の向こうから、マリーが心底《しんそこ》不思議そうな顔で覗《のぞ》き込んでいる。

時計を確認すると、マリーはきっかり一時間で帰宅していた。思わず俺は、嬉々《きき》として声を上ずらせてしまう。

「す、すごいじゃないっすかマリー！　時間通りに帰って来るなんて……」

「普通に帰って来ただけだけど」

言って、そうかと気がついた。然《さ》しものマリーも不満げに目を据《す》わらせる。

「やっぱり心配してたんだ。大丈夫だって言ったのに」

「あ〜……まぁ、ちょっとだけっすよ。ほんと、ちょっとだけ」

「ふ〜ん、ちょっとだけなんだ」

マリーの刺すような視線が、じっとりと降り注ぐ。理不尽極《りふじんきわ》まりない。一面地雷原《じらいげん》か。

などと考えても不毛《ふもう》なのは解りきっているので、俺はお茶を濁《にご》しつつ起き上がり、ソファを挟んでマリーと向かい合う。

転じて見上げる側に回ったマリーは、手に持った買い物袋をぐいと持ち上げた。

「これ、冷蔵庫にいれなくちゃ」

買い物なんて一人で行ける、と宣《のたま》った割に、そういう雑事にはあまり興味がないようだ。

俺は頼りなくプルプルと震える両腕から買い物袋を貰《もら》い受け、そしてその意外な重量に首を傾げた。頼んだのなんて、カレーの材料くらいのものなのに。

「あれ、マリー、なんか予定にないもの買ったんすか？」

俺が訊《たず》ねると、マリーは待っていましたとばかりに目を輝かせる。

「そうそう、すごくいいものがあったの！　えっとね……」

そう言うとマリーはソファの背に手をついて身を乗り出し、俺が持ったままの買い物袋に手を突っ込んだ。

確か買い物リストの中にはパックの卵なんかもあったはず。俺は乱暴にかき回される袋を眺めながらゾッとしたが、流石《さすが》にマリーもそのくらいは解ってくれているだろう。解っていなければ、卵はすでに帰路《きろ》で粉砕《ふんさい》されているはずだ。

そうしてマリーの手が何かを掴《つか》み上げると、袋は驚くほど軽くなった。何かと思って掴みあげられたモノを見て、俺はたまらず「えっ」と声を漏《も》らす。

マリーの手には、丸々と太った立派な高級魚の尾が握《にぎ》られていた。

しかも真夏だというのに、保冷用の氷なんて気の利いたものは備わっていない。

釣《つ》ってそのまま買い物袋にリリースされたかのような生々しい魚類との邂逅《かいこう》に、俺は思わず悲鳴を上げる。

「うわあああああああ‼　ちょ、どういうことっすかこれ⁉」

「え、カレー。シンケージメって言ってた」

おっしゃる通りのカレイ。しかもマツマエ鰈《かれい》の神経締《しんけいじ》めとは、これまたご大層《たいそう》な。

マリーはよいしょと、カレイをソファに寝かせると、腕を組んで自慢げに胸を張った。カレイのなんらかの汁が、ソファにビチャアと染みを作る。

「セト、カレー作るって言ってたでしょ。でもね、最近のカレーはそのまんま売ってるんだよ」

なるほど、まごう事なき「そのまんま」だ。小学生レベルの言葉遊びが、そのまま目の前に具現化《ぐげんか》している。

「マリー……カレー好きっすよね」

「うん、甘いのが好き」

コクと頷《うなず》くマリー。

「どんなのか説明できるっすか」

「えっと、ご飯にかけるやつ」

そう言ってマリーは、両手をぐるりと回して大きな円を作った。

それがカレーのどの部分を表してのジェスチャーなのかはわからなかったが、とりあえず皿だと思うことにして話を続ける。

「じゃあ、これをどうしたらカレーになると……？」

「う～ん……お鍋《なべ》で？」

……鍋で？

もしかすると台所の奥に眠っているのかもしれないが、少なくとも俺の知る限り、魚からカレーを錬成《れんせい》するような鍋はうちに存在しない。

言葉を失う俺を、マリーの無垢《むく》な瞳が見上げる。その目に見つめられ、俺はこれ以上とやかく言う気が起きなくなった。

「……カレイカレーっすかね。今日は」

俺が言うと、マリーが嬉しそうに飛《と》び跳《は》ねた。

「なにそれ！　カレーが二個入ってるの⁉　すごい美味《おい》しそう‼」

そうして俺は寝かされたままの不憫《ふびん》な「カレー」を持ち上げ、冷蔵庫に届けるべく台所へと足を向けた。

確か、ちょっとした野菜ぐらいは余っていたはず。今後は急な献立《こんだて》の変更にも柔《じゅう》軟《なん》に対応できるようにしないと。

ふと見下ろした買い物袋の底に、グチャグチャになった卵のパックを見つけた俺は、そんなことを考えながら今日の献立に卵料理を追加した。

チルドレンレコード -side No.9-

「まぁ、しゃあないっすよ。うん、しゃあない」

「……え？」

見渡す限りが純白に染め抜かれた虚構《きょこう》の空間に、僕の情けない声色《こわいろ》を宿《やど》した「え？」が吸い込まれていく。

いや、どうだろう。「え」じゃなかったかもしれない。「んえ」みたいな感じだったかも。

ベッドの脇《わき》に立った彼はポリポリと頭をかくと、あんまり通らない声でボソリと言う。

「いや、だからなんつ～んすかね……先輩、変に気にしすぎなんすよ。殺したとか殺されたとか……そういうのよくないすか」

彼はなんでもなさそうにそう言うと、ベッドの脇に腰掛けながら「それにしてもここ、マジでやることないっすね」と、ぼやいた。

……あれ、僕、結構重要なカミングアウトしたよね。今。

コノハが僕の『能力』だってこととか、シンタローくんを殺したのが僕《コノハ》だってこととか……。

なんか「貸した本なくしちゃった」レベルにしか伝わってない気がするんだけど、大丈夫かな。もう一回言った方がいいかな。

……うん、もう一回言おう。

「あ、あのね！　シンタローくん！」

シンタローくんはビクリと身体を震《ふる》わすと、何事かと僕の顔を凝視《ぎょうし》した。

「えっとね。もう一回話すから、ちゃんと聞いて欲しいんだけど、いいかな」

「いや、ちゃんと聞きましたって。コノハが先輩の『能力』だって話とか、俺が死んだのがコノハのせいだとか、そんな話っすよね」

「え？　あ、そ、そうだよ」

思いの外、言いたいことは伝わっていた。あんまりしっかり伝わっていたものだから、反対に僕が面食《めんく》らってしまう。

僕がオドオドしているのに呆《あき》れたのか、シンタローくんは「はぁ」と息を吐《は》いた。

「俺、いろいろ思い出したんすよ。『カゲロウデイズ』に来る直前まで何してたかとか、なんでここに来たのかとか。俺がやられたのは、あの『冴《さ》える』ってやつがコノハに乗り移ったせいっす。先輩のせいじゃない」

「で、でも……そもそも僕が『もう一度友達に会いたい』なんて願ったから、こんなことになっちゃったんだ。僕が初めから、何も願わなかったら……」

「あの子」は「『能力』は持ち主の願望《がんぼう》を叶《かな》える」って言っていた。コノハは間違いなく僕の願望によって生まれ、そしてシンタローくんたちと出会ったのだ。

僕が最初っから変なことを願わなければ、そもそもコノハは生まれず、シンタローくんの命が失われることもなかっただろう。

かつて命を失った時の底なしの絶望感《ぜつぼうかん》を、今でも鮮明《せんめい》に覚えている。あれと同じ思いを、大切な友人に味わわせてしまったのだ。

あの『冴える』って力がとんでもなく悪いやつだっていうのは、コノハの目から外を見ていた僕も、当然解っている。だったとしても「僕のせいじゃない」なんて、とてもじゃないけど思えるはずがなかった。

「……あぁ、それじゃあ、あれっすね」

シンタローくんはそう言うと、ポン、と手のひらを拳《こぶし》で叩《たた》いた。

「俺が最初っから先輩の友達になってなかったら、そもそも先輩はそんなこと願わずに済んだってことすか」

「なっ……！　そ、そんな訳ないよ!!　シンタローくんのせいだなんて、そんなの絶対ありえない！」

僕は身を乗り出して抗議《こうぎ》したが、相対《そうたい》するシンタローくんは、意地悪《いじわる》にニヤッと不《ふ》敵《てき》な笑みを浮かべる。

それが本気の言葉じゃないと解った僕は、シーツを握りしめた手をほどき、ヘナヘナと脱力した。

「『会いたい』って思ってもらえるとか、そんな嬉しいことないっすよ。だから先輩のせいなんて、絶対ありえない」

そう言うとシンタローくんは、さっきの意地悪とは違う、快活《かいかつ》な笑みを顔いっぱいに作った。

……あぁ、まただ。

ずっと、コノハの目から、外の世界を覗《のぞ》き見てた。

「お前、教え子に似てるんだ」って先生が言ってくれた時も、ヒビヤくんとヒヨリちゃんが『カゲロウデイズ』に飲み込まれた時も、何もできずに、何も言えずに、バカみたいに。

コノハが誰かと出会うたびに、コノハが嫌いになった。無力《むりょく》で、意気地《いくじ》なしで、なにも解ってなくて、本当僕そっくりで……大嫌いだったんだ。

それなのに、あんなやつのことを、シンタローくんは「友達だ」って言ってくれた。最後の最後まで中途半端《ちゅうとはんぱ》な『僕《コノハ》』のことを気にかけて、吹けば消えてしまいそうな心を、守ろうとしてくれた。

病気のことを打ち明けたあの夏の日から、シンタローくんの優しさはずっと変わらない。いつも僕は、この人に救われてしまう。

「……って、うわ！　先輩泣かないでくださいよ！　俺泣かれるの苦手なんすから！」

「え？　あ、ご、ごめ……！」

言われて気づいた僕は、慌《あわ》てて眦《まなじり》を拭《ぬぐ》った。見ると、手の甲はびっちゃりと濡れている。すっかり号泣だ。

「だあぁ、鼻水が！　ちょっ、拭《ふ》くもん拭くもん！　ってあるわけねぇか……」

「うぅ……」

情けないやら気恥《きは》ずかしいやら、先輩の威厳《いげん》とか全然ないなぁ、僕。ほとほと自分に呆れながら涙と格闘し、両手から雫《しずく》が滴《したた》るほどになってようやく、僕は平静を取り戻した。

シンタローくんはホッと胸を撫で下ろすと、頭の後ろで腕を組み「しっかし、どうしたもんすかね」と切り出した。

「死んじまったから当然っちゃ当然なんすけど、こっちからじゃあいつらに大したことしてやれそうにないし……」

シンタローくんの目が、あたり一面に広がる純白を探るかのように、泳ぐ。

心配になるのも当然だ。コノハを受け入れてくれた「メカクシ団」の皆は今、きっとひどい目に遭《あ》っているだろう。それが、コノハによって引き起こされているのだと考えると……遣る瀬《やせ》がなくなった。

「……本当、もどかしいったらないよ。コノハが『冴える』に乗っ取られてから、あっちの状況も全然見えなくなっちゃったし」

「まぁ、見えたところで、どうしようもないんすけどね。こっちから向こうに出てく手段とかもないんすよね？」

「そう……だね。少なくとも、僕の知ってる限りじゃ思いつかないな」

『カゲロウデイズ』は、死に瀕《ひん》した人間を飲み込む。そして再び外に出ていけるのは新しい命……『能力』を宿した人間だけらしい。

そして、アザミの持っていた『十の能力』は、すでにそれぞれ適合者《てきごうしゃ》を見つけてしまっている。詰まる所、ここから脱出する術《すべ》は、現状見当たらないということだ。まぁ、どれもこれも「あの子」から聞いた話の受け売りみたいなものだけど。

まぁ、もし簡単に出て行ける方法なんていうのが存在したとしても、あんまりいいイメージは湧《わ》かない。

ここに飲み込まれた人間は等しく「死の直前にいた」人ばかりなんだ。死生観《しせいかん》の薄いこの世界でならこうして会話もできたりするけど『能力』を宿す以外の方法で向こうに戻ったところで、きっと瀕死《ひんし》である事実が消えるわけじゃない。仮にシンタローくんが、『能力』に適合もせずに外に出て行ったとすると……うぅ。あまり、考えたくなかった。

「ま、死人がほいほい首突っ込めるほど、都合よくはいかないってことっすね。死人に口はあるみたいっすけど」

シンタローくんは自嘲気味《じちょうぎみ》に口の端《はし》を歪《ゆが》ませた。ブラックだ。僕は表情を引《ひ》き攣《つ》らせる。

見た限り、シンタローくんに目立った外傷《がいしょう》はない。僕もそうだけど『カゲロウデイズ』の中にいる人間は、現実の姿がどうあれ「本人の意識」を強く反映した姿形《すがたかたち》をとるみたいだ。

そして意識が影響を及ぼすのは、どうやら自分の姿だけじゃないらしい。例えば僕たちのいるこの純白の空間は、僕の意識を反映しているみたいなのだ。

そういえばこっちの世界で初めて「あの子」に会った時、最初に教えてもらったのが、そのことだっけ。

彼女が現れた途端《とたん》、純白だった僕の空間は一気に染め上げられ、僕はただただその光景に、目を奪われていたんだった。

……そう。

ふと、僕がそんなことを思い出したのは、僕らを包み込んでいたあたりの純白が唐突に様変《さまが》わりしたからに他ならない。

橙《だいだい》の夕景を、夜空の濃紺《のうこん》に溶かしたかのような、マジックアワー。一面を染め上げていた純白は、ほんの瞬《また》きの間に、幻想的《げんそうてき》な空の色彩《しきさい》に塗《ぬ》り替えられてしまった。

「……いぃ⁉」

突如変貌《とつじょへんぼう》せしめたあたりの情景《じょうけい》に驚いたのか、シンタローくんはベッドから転げ落ちそうになっている。

突然の「訪問《ほうもん》」に、僕も思わず開けた口を塞《ふさ》げなくなる。

本当、いつも彼女は唐突だ。

そうしてどこからともなく、ローファーの靴音《くつおと》が響き始める。

見れば、そこには見慣れた教室の木製の床の上、ちょうど歩みを止めた彼女の姿があった。

「えっと……久しぶり……だよね？」

愛嬌《あいきょう》のある笑みを遠慮がちに隠しながら、夕日色の学校教室の中央、アヤノちゃんは忽然《こつぜん》と現れた。

開け放した窓からそよぐ風に、トレードマークの赤いマフラーが棚引《たなび》く。

そうして僕は、親友の心中に訪れたであろう、名状《めいじょう》しがたい衝撃を予想していた。

彼らを引き離した、僅《わず》か二年の「永遠」が、今、確かに綻《ほころ》んだのだ。


「……そうでもねぇさ。短いもんだ」

気丈《きじょう》な言葉を口に、シンタローくんの瞳が零した涙の意味を、僕は知らない。

それだというのに、泣き虫な僕の瞳には、同じ涙が浮かんでいた。


……あぁ、二人はどれほど、この瞬間を待ち望んでいたことだろうか。きっとお互い、何度も夢に見たことだろう。

きっと積もる話もあるだろうし、僕なんかは一緒にいちゃって申し訳ないな。とはいえ、こそこそ消えるって訳にもいかないし、あぁ、なんてもどかしい……！

「……でね。これからのことなんだけど、ちょっと聞いてもらえるかな」

「おう。まず、あの『冴える』ってやつの話なんだけどよ……」

うんうん。そうだよね、まずは『冴える』をね。ずっと話したかっただろうし、まずは『冴える』の……。


「……ええ⁉」

僕の驚倒《きようとう》の叫びが、教室に響き渡る。

備え付けの椅子《いす》に腰掛けつつ、作戦会議を始めようとしていた二人は「なんだ！」とばかりに振り返った。

「ど、どうしたんですか？　遥《はるか》さん、どこか具合とか悪いんですか？」

「そうっすよ、先輩、無理しなくていいんで、寝ててください」

『カゲロウデイズ』の中で具合が良いも悪いもないし、寝ろと言われたところでいつの間にかベッドもなくなっちゃってるしで、ツッコミどころが多すぎる。

僕は「そうじゃなくて！」と、両手をブンブンやりながら元気に突っ込んだ。生前とはえらい違いだ。僕も大概《たいがい》ジョークが黒い。

「いや、二人は久しぶりに会うんでしょ？　えっと、なんていうかその……ねぇ？　積もる話とか、あるんじゃないかなって……」

シンタローくんは「なんすかそれ」とでも言いたげに、眉根《まゆね》を怪訝《けげん》に寄せる。

一方のアヤノちゃんは「ふむ……」と考えるように顎《あご》に手を当て、ややもしてシンタローくんの瞳を覗き込んで、言った。

「……終わってから、かな」

シンタローくんも、あんまりよく解ってない様子でアヤノちゃんの瞳を見つめ返す。

「まぁ、終わってからじゃねえか？」

なんだかどうでもよさそうな二人の会話。まぁ、そんな色めかしい話をしろなんてことは言わないけどさ。随分《ずいぶん》ドライで先輩はちょっと寂しいよ。

……なんて。

そんなことを言っていられない状況だってことは、僕もさすがに解ってる。解ってるからこそ「せめて」と思った暫《しば》しの歓談も、必要ないのなら、向き合うべきは「現実」だ。

時間があるとは言わないけれど、きっと、ないってほどでもない。

なにせここは『カゲロウデイズ』の中。『僕』と『コノハ』二つの視点を持つ僕だから解るけど、あちらとこちらじゃ時間の流れ方は全然違う。

いろいろ話して、アヤノちゃんも現れて、随分悠長にしてたけど「こっちの時間」は、絶望的なくらいに寛容《かんよう》だ。

あっちの時計を見ていないから、ちょっと自信はないけれど。

シンタローくんがこっちに来てから、多分あっちの時間で、まだ一秒も経《た》っていない。

サマータイムレコード -side No.2(2)-

夜も更《ふ》け、水音がやけに部屋に響く。一通り皿洗いを終えた俺は、熱が引いたのをしっかり確認して、切り身カレーが入った鍋《なべ》を冷蔵庫に押し込めた。

数日は持つだろうが、夏場だしあまりよくないか。マリーは随分《ずいぶん》気に入ってくれたみたいだから、小分けにして冷凍しておくのがいいかもしれない。

あぁ、そうだ、明日の献立《こんだて》も考えなくては。不測《ふそく》の事態でカレイだけは大量に残っているが、日中買い出しに行っておかないと晩のおかずが偏《かたよ》ってしまう。そういえば、風呂掃除用のスポンジも大分《だいぶ》へたってたから、ついでに買ってしまおう。

本当、家事ひとつ取ってもやることが尽きない。とはいえ、そろそろバイトも入れ始めないと、財布の方が心もとなくなってきた。お世話になっている花屋の仕事は好きだけど、どうやったって日勤だし、やっぱり夜勤の仕事を探した方がいいだろうか。

あれやこれやと慣れないことを考えていた俺は、ふと、洗ったばかりの皿を再び洗い直そうとしている自分に気がついた。

危ない危ない。ほどほどにしておかないと、そのうちマリーにスポンジを食べさせかねない。シンクに留まったステンレスホルダーにスポンジを戻しながら、俺は一息入れるべくリビングへ向かった。

なんとなく自室に戻る気にもなれず、ソファにでも腰掛けようと歩いていると、パジャマを着たマリーが目を擦《こす》りながらフラフラと現れた。

一時間ほど前に「もう寝る」と部屋に入って行ったはずだが、なんだろう。怖い夢でも見たのだろうか。

訊《たず》ねようと俺が口を開くより、眠たげなマリーの声が届くのが早かった。

「……なにか手伝うこと、ある？」

「え？」

それは、珍しい申し出だった。マリーは進んで家事をやるタイプでもないし、たまに手を挙げるといってもお茶汲《ちゃく》みくらいのものだ。

嬉しいことには違いないが、生憎《あいにく》手伝ってもらうような家事も残っていない。俺は素直に笑顔を作って応える。

「あぁ、ちょうど終わったとこなんで、大丈夫っすよ。今度なんかあったら、手伝ってもらうっす」

「……ん、わかった。じゃあもう寝るね」

そう言って、マリーはフラフラと自分の部屋の方へ戻って行く。眠たいにしても、やけに危なっかしい足取りに、ふと髪の短くなった頭のことが気にかかった。

マリーはあまり気にしていないが、かつて腰まであった白い髪は、今や肩にも届かないくらいに短い。

男の散髪でも「軽くなった」なんてことを言うのだから、身体の軽いマリーにとってのそれは、体幹《たいかん》に影響を及ぼすくらいの変化なのではないだろうか。

俺は何か声をかけようと再び口を開いたが、思い倦《あぐ》ねているうちに、マリーの姿はドアの向こうへと消えてしまった。

ドアを閉める音に続き、短い余韻《よいん》が止《や》み、そして再び静寂《せいじゃく》が訪れる。

一人リビングに残された俺は、少し頭を休ませようと目を瞑《つむ》ったが、頭は自然とマリーのことを考え始める。

夕方の一件も、正直意外だった。一人で買い物に行くなんて言い出したのは、初めてのことじゃないだろうか。今までずっと、外に出るってだけでもおっかなびっくりだったのだから、心境に変化があったのは間違いないだろう。

「変化……か」

静寂と相対《そうたい》するように、胸にざわつきが生まれる。

俺はその予感に心を搦《から》め捕《と》られてしまわぬよう、眠気で頭が回らなくなるまで、無心で秒針の音を数えた。

＊

目覚まし代わりにマリーの声が飛んできたのは、陽《ひ》も天辺《てっぺん》に差し掛かった頃だった。

「ダメだよ！　なんにもないからってこんな時間まで寝てたら！」

まるで息子を諭《さと》すかのような物言いに思わず苦笑いをしてしまったが、さすがに眠り過ぎてしまった自覚もあったので、俺はすぐさま飛び起きる。

そうして、すぐに無策《むさく》に飛び起きたことを後悔した。

なにせ大した寝支度《ねじたく》もせずに布団《ふとん》に倒れ込んでしまっていた俺は、ラフというにも少々、足らないような格好をしていたのだ。

慌《あわ》ててマリーの視線を気にするも、本人は何でもなさそうに首を傾げている。

迂闊《うかつ》だった。下手《へた》にシーツが飛び散らかっていたら、あわや、なんてことになっていたかもしれない。静かに肝を冷やしながら、俺は丈長《たけなが》のパジャマズボンの購入を固く決意した。


マリーをやんわりと追い出し、手早く家着に着替えてリビングに足を運ぶ。

結局昨晩はなかなか寝付けず、朝日が昇ったあたりで「そうだ」と思いついたのが、朝食の準備だった。

温めるだけで食べられるようにはしておいたが、どうやらちゃんと食べてくれたようだ。その証拠に、床には空になった納豆の容器が転がっている。

それを拾い上げ、台所に置かれたゴミ箱の方まで行くと、リビングに向かおうとしていたマリーと鉢合わせた。

手にしたトレイには、ティーカップが二つ並んでいる。立ち上る紅茶の香りが、自然と俺の表情を綻《ほころ》ばせた。

「おはよう、セト。早くないけど」

そう言って微笑《ほほえ》むマリー。

内心ギクリとしながら、俺も「おはよう」と返して、今日もなんとか一日が始まった。

「そうだ。今日ね、タイカイがあるんだって。昨日、カレー買った時に聞いたの」

「タイカイ?」

二人揃《そろ》ってソファに落ち着き、俺がフゥフゥと紅茶を冷ましていると、ふいにマリーがそんなことを言った。

タイカイ、タイカイ……。普通に考えれば「大会」のことを言っている気もするが、カレイがらみの事案であれば「大海」の線もある。

とはいえ時季も時季だし、タイカイといえばあれだろう。

「あぁ、花火大会のことっすか？」

「そう！　それ！　行ったらいいよって、タイショーが」

「そ、そうなんすね……」

スーパーに買い物に行ったというのに、なぜ大将を名乗る人からカレイを手に入れることになったのかは謎《なぞ》だが、マリーが何を言いたいのかは大方察《おおかたさっ》しがついた。

ちょうど十一時を回った時計の針を見て、俺は提案する。

「じゃあ、一緒に行きますか。まだ出るにはちょっと早いっすけど、夕方くらいに行けば、屋台《やたい》とかも回れるだろうし……」

俺が考えながら喋《しゃべ》っていると、マリーはパッと表情を明るくし、肩をぶつけんばかりの勢いで詰め寄ってきた。

慌ててたじろぐが、手にしたカップのことを考え、俺は首だけで仰《の》け反《ぞ》る。

「ヤタイ⁉　それなに？　回るの？　楽しいの⁉」

「いや、そういうアトラクションみたいなのじゃなくて！　なんて言うんすかね……そこでしか食べられないものが売ってたりとか、変なゲームができるお店があったりする、お面つけた怖いおじさんがやってるテントみたいな……」

なんだ、その怪しいテントは。説明しながら自分でも屋台の定義がよく解らなくなり、俺はなんとも支離滅裂《しりめつれつ》なことを言ってしまった。

しかし、俺の拙《つたな》い説明に好奇心《こうきしん》を射止《いと》められたらしく、マリーは「それは行かないと……」と鼻息を荒くしている。


そういえば、こういう催《もよお》し事に行くなんて、生まれて初めてのことかもしれない。前に父さんの高校の文化祭に誘われたりしたことはあったけど、そもそも人が多いというだけで、俺は尻込みしてしまった。

だというのに、自分から花火大会に誘うだなんて、我ながら変な話だ。本当、この子の前だと、自分でも自分が解らなくなる。

「……まって、セト。夕方に行くのはちょっと遅くない?」

「え? いや、花火観《み》るんだったら、ちょうどいい時間じゃないかと思うんすけど……」

「だって暗かったら見えないよ? 電気があるの?」

俺は一瞬なんのことかと固まってしまったが、直後気づいて、思わず吹き出してしまった。

それを見たマリーは、馬鹿《ばか》にされたと思ったのか、赤らめた頬《ほお》を膨《ふく》らませる。

「だ、だってそうでしょ⁉　お花見るのに暗いところじゃちゃんと見れないもん！」

「あぁ、ごめんごめん。違うんすよマリー、花火っていうのは夜に観るもんなんす。夜空にこう、パッと光のお花が咲くんすよ」

「そ、空に……光のお花が……？」

頭の中の花のイメージとまったく結びつかなかったのだろう。騙《だま》されないぞと言わんばかりに、マリーが怪訝《けげん》な表情を浮かべる。

「ほ、本当っすよ。暗い方が綺麗《きれい》に観えるから、花火は夜に観るんす。まぁ、すぐ消えちゃうんすけど、だから皆、見逃さないように集まってくるっていうか……」

俺が言うと、その理論には納得いったのか、マリーは表情を元に戻すと「ふんふん」と小さく頷いた。

確かに、考えてみれば不思議なことなのかもしれない。

普段、星と月しか浮かばない夜空に花が咲くなんて、俺も知らなければ疑ってかかるだろう。

それがこうして無邪気《むじゃき》に訊ねられると、自分が世の道理《どうり》とか、常識とか、そういうものばかりを頼って生きてきたのだと思い知らされる。

少なくともこの子に出会うまで、俺はそうして生きてきた。

そうして多分、この先、この子のようには生きられない。

「……じゃあ、枯《か》れちゃう前に、ちゃんと見ておかないとね」

そう言って笑うマリーに、俺は精一杯《せいいっぱい》の笑顔を作って応える。

「そうっすね。忘れないように、ちゃんと観ておかないと」

＊

「ヒコーキ雲だ」

声につられて見上げると、青と朱色《しゆいろ》が入り交じった立体的な空に、一筋の白線が煌《きら》めいていた。

「なんか……風流《ふうりゆう》っすねぇ」

「フーリュー？　ってなに？」

「え？　う〜ん……そう言われると、解んないっすねぇ」

肌にまとわりつくような湿気《しっけ》も、耳を打つ蟬《せみ》の声も、未《いま》だ衰《おとろ》えを感じさせない。

夏休みを終えようとする世間とは裏腹《うらはら》に、世界は今日も、夏の真《ま》っ只中《ただなか》にあった。

あれやこれやに目を奪われるマリーをなだめながら、俺たち二人は舗装《ほそう》された堤防《ていぼう》の上を、川の下流へ向けて急ぐでもなく歩いている。

同じように堤防を進む人々の中にはちらほらと浴衣姿《ゆかたすがた》もあり、それがなんとなくの道しるべになっていた。

花火大会の会場はアジトからさほど距離もなく、心配していた暑さもこの時間になると、その猛威《もうい》を随分と和《やわ》らげていた。

その割に雲が多いわけでもないので、辺りの人々が漏《も》らす「絶好《ぜっこう》の花火日和《びより》」なんて言葉にも、まさしくその通りだと頷けた。

「あ、なんかやってる！」

再び何かに興味を示したマリーは、そう言って進行方向を指し示す。

手前の橋に遮《さえぎ》られて全容は見えないものの、川の湾曲《わんきょく》に合わせて大きく弧《こ》を描いた堤防の麓《ふもと》には、いくつかのテントが立ち並んでいた。

まだ明かりの灯《とも》る様子はないが、提灯《ちょうちん》らしきものを店先に回す法被姿《はっぴすがた》の男性に、否《いや》が応《おう》でも風情《ふぜい》を覚える。花火「大会」なんて言葉はついても、その様相《ようそう》は典型的《てんけいてき》な「祭」の装《よそお》いだった。

浮き足立った会場のムードが、音で、匂いで「おいでおいで」と向かう人の心を逸《はや》らせる。

「これは覿面《てきめん》だろうな」となんとなく傍《そば》のマリーを見ると、案《あん》の定《じょう》マリーの目は会場に釘付けになっていたが、駆け出していかないよう歩調《ほちょう》を抑《おさ》えて歩く様が、どこか愛らしかった。


一歩、また一歩と歩みを進める度に、一人、二人と人影が増え、ついに大仰《おおぎょう》の列の一部となった俺たちは、いよいよ会場の上手に差し掛かる。

足元のおぼつかないマリーの手を取りながら石造りの階段を降りると、そこには「夏祭とは斯《か》くあるべし」とばかりの光景が広がっていた。

川沿いに犇《ひし》めく屋台の軒《のき》は、その色も取り取りに延々と続いていく。

焼きそば屋台の放つソースの香りに鼻が惹《ひ》かれたと思ったら、チョコバナナ、りんご飴《あめ》など、見目の良い屋台菓子がそのビビッドな色合いで視線を奪う。

青いのぼりを掲げたかき氷屋台の隣では、のぼりと色合わせしたようなヨーヨーすくいのビニールプールが、清涼感《せいりょうかん》のある水音を奏《かな》でていた。

五感を惑《まど》わす、夏の祭典。テレビなんかでは観たことがあったけど、まさかここまで魅惑的《みわくてき》とは。

面食らったように俺が頭をクラクラさせていると、途端《とたん》、傍から目を爛々《らんらん》に輝かせた白い頭が飛び出していった。

しまった、さすがに辛抱《しんぼう》たまらなかったか！

慌てて手を伸ばすとなんとか襟首《えりくび》が捕まり、マリーは「うえっ」と短い悲鳴をあげる。

「だあぁ!!　ダメっすよ一人で行っちゃ！　迷子になったらどうするんすか！」

「いいじゃんセトのケチ！　早くお金ちょうだい!!」

言うが早いか、欲望の奴隷《どれい》と化したマリーの手が、俺のポケットに忍ばせた財布《さいふ》を狙《ねら》い撃《う》つ。

あぁ、墜《お》ちたかマリー！

俺はあと一歩のところでそれを躱《かわ》し、ジリジリと距離を取った。

「ふふ……ほら早くお金……わたあめ……カメすくい……」

「くっ……！」

なんてことだ……祭がこれほどまでに人間を狂わせるなんて……！

ここに来るまで時間が有り余っていたこともあって、下手に出店の知識を与えてしまったのが仇《あだ》になったか。

俺は「ふへへ」と財布を狙うマリーの双眸《そうぼう》に、もはや倫理観《りんりかん》を説く隙《すき》がないことを悟《さと》る。

しかし、おいそれと財布を渡すわけにもいかない。図《はか》らずも高級魚に大打撃を食らった我が家の家計は、もはや風前《ふうぜん》の灯火《ともしび》なのだ。

もちろん、見て回るだけ、なんてことを言うつもりもないが、あの子に財布を渡してしまったらどうなるか……。

想像できるが、想像できないようなことになること請《う》け合《あ》いだ。

「じゃ、じゃあ！　こうしましょう！」

バッと手のひらを突きつけると、マリーはピタッとその挙動を止めた。よかった。

まだ人の声が届く余地はあるようだ。

「お、俺と出店のゲームで勝負するんす。もしマリーが勝ったら……さ、財布を渡すっす。その代わりマリーが負けたら、今日は俺の言うことを聞いてもらうっすよ」

「一回勝負？」

妙に打算的《ださんてき》なマリーの返答に、俺はギクリと肩を震わせる。眦《まなじり》をつり上げた迷いのない瞳……あれは勝つ目だ。

「さ、三回勝負で」

そして気弱な俺の返答。情けないことこの上ない。

「……ん、わかった。約束だからね」

シュンと殺気を引っ込めると、マリーはいつもの調子で俺の傍へと舞い戻ってきた。

な、なんか、この子……いや、考えるな幸助《こうすけ》。愛らしいいつも通りのマリーじゃないか。裏があるんじゃなんて、そんな、そんな。

「で、最初は何やるの？　ズルなのはなしだよ」

出店遊びにズルもなにもないとは思うが、咄嗟《とっさ》のことだったので、特に何をやろうかなんて考えていなかった。

とりあえず、と辺りを見回す。

金魚すくい……は、嫌だな。生き物をゲーム感覚で扱うのは、ちょっと気がひける。

出店くじなんかもあるけど、ちょっと単価が高い。それに勝敗がつけにくそうだし
……。

「……あ、あれなんかどうすか、マリー」

俺は、少し屋台列を進んだ先にある、黄緑色のテントを指差した。

マリーは確認しようと爪先立《つまさきだ》ちのままぴょんぴょんと跳《は》ねる。どうやらマリーの背丈だと手前の人集《ひとだか》りに視界を遮られてしまうらしい。

まぁ、行って気に入らないと言われたとしても、行くだけなら損はないだろう。

俺はマリーの手を引いて、人集りを迂回《うかい》するようにしながら目当ての屋台を目指した。

「……たぬき？」

マリーが怪訝な表情で、筆字のひらがなを読み上げる。

「『か』たぬきっすね」

辿《たど》り着いた軒の下では、無骨《ぶこつ》なベニヤ板を机代わりに、数人の少年が真剣な面持《おもも》ちで背を丸めていた。

それぞれが手にした薄ピンク色の板菓子には「船」や「コマ」を模《も》したと思《おぼ》しき絵が、浅く彫《ほ》り込まれている。

少年たちは皆《みな》一様に、針やら歯ブラシやらを駆使《くし》して、なんとかその絵を切り出そうと奮闘《ふんとう》しているのだ。

「お、いらっしゃい。嬢《じょう》ちゃん、お兄ちゃんに連れてきてもらったのかい」

店主であろう、頭に白手ぬぐいを巻いた恰幅《かっぷく》のいい男性が、マリーに向かって野太い声を飛ばす。

お兄ちゃん……まぁ否定はしないが、やはりそう見えるか。んん。

「そうなの。タイショー、今日も声大きいね」

「大将!?」

この人がマリーにカレイを勧《すす》めた張本人か！

俺と目が合った大将は「美味《うま》かったろう」とでも言いたげに、焼けた肌と不釣《ふつ》り合いに輝く白い歯を光らせた。ええ、美味《おい》しかったですよ。スパイス漬《づ》けにしてしまいましたが。

「嬢ちゃん相手なら、こっちもサービスしてやらんといけねぇな。どれ、好きなの出しちゃるから、こっから選びな」

周囲の少年たちからの軽いブーイングを浴びながら、なかば強引にテントの中へ引き込まれた俺たちは、大将の差し出した絵柄表に目を落とした。

並んだ十数種類の絵柄は、一目で解るものから少々首を傾げるものまで、デフォルメのされ方が様々だ。

どれも名前は書いていなかったが、どちらかというと重要なのは、その絵の下につけられた数字の方なんだろう。

「コマ」に見えるホームベースに頭と尻尾《しっぽ》がついたような絵は、下部に一〇〇円と書いてある。

その横にある「ジョウロ」のような絵には、三〇〇円。その上の「ひょうたん」形の絵には五〇〇円と、それぞれ値段が記載されていた。

やったことこそなかったが、「かたぬき」は大体のルールを父さんに聞いたことがある。

この小さな菓子板に彫られた絵をカリカリと抜き出し、それを割らずに店主に提出できれば、絵柄に対応した賞金をもらえるのだ。

ということは、この金額はおそらく難易度《なんいど》と比例しているのだろう。賞金が高いもののほど難しく、低いものほど簡単であるならば、マリーとの勝負のルールはそれに準拠《じゅんきょ》して考えるべきだ。

つまり「どちらが多く賞金を稼げるか」……うん、これは面白いんじゃないだろうか。

「よ〜し、マリー。じゃあ最初の勝負はどっちが高い賞金をゲットできるか……って、あれ……」

意気揚々《いきようよう》と俺が振り向くと、マリーはすでに着席し、針を片手に「チューリップ」柄の菓子板をコリコリと削り始めていた。

「セト、ちょっと静かにして」

こちらに目もくれず冷たい言葉を吐くマリーの表情は、まさしく真剣そのものだった。

「……で、兄ちゃんはどれにするんだい」

「え！　あぁ、えっと、じゃあこれでお願いします」

そうして俺は「船」を指差して、二人ぶんの代金を払い、椅子《いす》代わりにされているプラスチック製の酒瓶《さかびん》ケースに腰を下ろした。

吊られた裸電球に照らされたテント内は、外から見た印象よりもずっと明るい。店内に入って気がついたが、外は徐々《じょじょ》に陽が落ち始めているようだった。

「はいよ、これね。チラッと聞こえたけど、あんたら勝負してるんだって？　そういうの、若くて好きだぜ！　おっちゃん、ズルしねぇように見張っててやるから」

「あはは、お手柔《てやわ》らかに」

キラッと白い歯を輝かせる大将の顔面から目を逸《そ》らしつつ、そのまま横に座ったマリーの手元を覗《のぞ》き見る。

「チューリップ」とはなんとも彼女らしいチョイスだが、あれの難易度はおそらく、かなりのものだ。

なにせ「チューリップ」についていた値段は六〇〇円。先ほど少年が苦戦していた「コマ」のざっと六倍と考えると、攻略《こうりやく》には相当な技術を要するだろう。

対する俺が選んだのは、二〇〇円の「船」。

金額的には負けているが、六〇〇円のマリーの「チューリップ」も完成しなければ〇円……つまり、ここら辺が現実的なラインなのではないかと踏んだのだ。

「ずりっ」っと少年たちから野次《やじ》が飛ぶ。う、うるさいな、解ってるよ。しょうがないでしょ、金欠《きんけつ》なんだから。

兎《と》にも角《かく》にも、彫り抜かないことには話にならない。俺は手近な針を手に取って、いざ、とばかりに作業を始めた。コリ、コリ、と浅彫《あさぼり》された絵柄にそって慎重に針を動かしていく。なるほど、これはどうして癖《くせ》になりそうだ。

しかしこの板、傍目《はため》ではあまり解らなかったが、非常に脆《もろ》い。ちょっとでも力の加減を間違うと、簡単にパキッとやってしまうだろう。

力を籠《こ》め過ぎると割ってしまうが、抜き過ぎると集中力が続かない。ある種の緊張感の中、俺が無心《むしん》で針を動かしていると……。

周囲から、声を押し殺したような淡い歓声が上がった。

思わず脇を見て、ギョッとする。マリーの「チューリップ」からはほとんどの無用な板が取り払われ、いつの間にか、あと一片を切り出せばクリアというところまで漕《こ》ぎ着《つ》けていたのだ。

神経を研《と》ぎ澄《す》ませるマリーの横顔はまるで刃《やいば》の切っ先のように凛々《りり》しく、鋭い眼差《まなざ》しを手元のチューリップに注ぎ続けるその様は、まるで木工職人《もっこうしょくにん》だ。

し、しまった。完全に油断していた。

マリーが内職《ないしょく》に凝《こ》るような性格だということは知っていたけど、まさかこんなところでその才能を発揮されるとは。

一方の俺の「船」は「帆《ほ》の辺りの線がちょっと透けるようになってきたかな～」という段階で、未だ大海に漕ぎ出す気配はない。

いやいや、そもそもマリーの「チューリップ」が完成してしまっては、こんな「船」が完成したところでなんの意味も持たないのだ。誰だ、二〇〇円のボロ船なんて選んだのは。俺だ。

あぁ、残す「チューリップ」の一片も、もうあと僅《わず》かで切り離されてしまう……。チューリップ……船……チューリップ……。

パキッ。

「あ」

俺の阿呆《あほう》のような声だけを残して、テントは水を打ったような静けさに包まれた。

少年たちの視線を集める俺とマリーの面前《めんぜん》には、手元が狂い、無残《むざん》にもへし折られた「船」の帆。

……そして、見事な花弁《はなびら》を咲かせた、マリーの「チューリップ」があった。

わぁっ!!

マリーと少年たちが歓喜の声を上げるのは、ほぼ同時だった。

見ると大将も、白い歯を目一杯に見せびらかしながら、マリーにパチパチと賞賛《しょうさん》の拍手を送っている。

緊張が解けた俺は、完成しなかった帆船《はんせん》を一度見下ろし、冷笑《れいしょう》を零《こぼ》す。

見事なまでの、完敗である。

「み、見て！　セト！　私の勝ちだよね？」

「わあぁっ！　し、慎重に！　早く大将さんに渡すっす!!」

チューリップを片手に今にも飛び上がりそうなマリーの肩を押さえつけ、チューリップを大将の元へと送り出す。

大将は一度「うむ」と大きく頷いたあと、集金用のプラケースから六枚の一〇〇円硬貨を取り出し、トロフィーでも贈るかのような仰々《ぎょうぎょう》しさでもってマリーへと手渡した。

「久々に『いい彫り』見せてもらったぜ。……兄ちゃんはなんかちょっとズルかったけどな」

はっはっは。余計《よけい》な御世話《おせわ》です。

こうして一戦目は、マリーの完全勝利という形で、その幕を閉じた。

その後、少々の時間マリーが少年たちに「コツ」を伝授《でんじゅ》するのを見守って、俺たちは次の出店を探すべく「かたぬき」のテントを後にした。

勝利の余韻も手伝って、足取りも軽やかなマリーの後を、追いかけるように進んで行く。

「うぅ～、楽しかった！　あんなに面白いお店があるなんて、花火大会ってすごいよ、セト！」

振り向きざまに両手を身体の前で小さく握りしめ、マリーがご機嫌《きげん》な声を漏らす。

「いやぁ、俺もあんなに楽しめるとは思ってなかったっす。そんなに気に入ったんなら、もうちょっと遊んでいってもよかったんすよ？」

俺がなんでもない風を装《よそお》って言うと、マリーはその手には乗らんぞとばかりに「うぅん、大丈夫。約束したし」と短く返した。

うぅ……。

かたぬきは安いし、時間も潰《つぶ》せるしで「これはいい！」と思ったのだが、やはりこの子、こういうところは抜け目がない。

まぁ、した約束を反故《ほご》にしようなんてつもりもないし、気を取り直して次の屋台を探すとしよう。

しかし、まさか初戦から敗退を喫《きっ》すとは、夢にも思っていなかった。機嫌を損《そこ》なわないように適度に手を抜いてあげなくちゃ、なんて甘いことを考えていた過去の自分が恨《うら》めしい。あぁ、なんだって大して考えもせずにあんな約束をしてしまったのか。

とはいえこうなってしまった以上、次のゲームに負けるなんてことだけは、絶対にあってはならない。

これ以上家計に打撃を食らうと、リアルに明日から味噌《みそ》を舐《な》めて暮らすことになってしまう。無論《むろん》、マリーもだ。

マリーのためにも、次はバシッと勝ちに行きたいところだが……。

そんなことを思い巡《めぐ》らしながら、マリーの手を引き、賑《にぎ》わう会場をのたのたと進む。

こんな人混《ひとご》みをうろつくなんて、生まれて初めてに近いような経験だが、身長のおかげか、別段困るようなことはなかった。

視界も広くとれるし、大体の屋台は見回せる。なにかピンと来るような出店はないものだろうか……。

「……なんすか、あれ」

思わず足を止める。

進路、右斜め前方向の視界に、突如《とつじょ》、場違いなコンテナハウスが現れた。

色と装いは違えど大体の屋台が同じようなテントを構えているというのに、その列にさも当然のように巨大なコンテナが陣取《じんど》っているのだから、異様《いよう》も異様だ。

よく見ると、コンテナの壁面には迷彩柄《めいさいがら》がスプレーで塗装されており、まるでどこその戦地から突如召喚《しょうかん》された戦車のようなその出で立ちは、風情も何もあったものじゃなかった。

「な、なんの店なんすかね、あれ……。ってあれ⁉　マリー⁉」

俺がコンテナハウスに目を奪われていた一瞬の隙に、マリーの姿が忽然《こつぜん》と消え失せた。

まさか、また何かに興味を惹かれて、どこかに駆けていってしまったのだろうか。

まずい、こんな人混みの中で逸《はぐ》れてしまったら、携帯も持っていないあの子を探す術《すべ》なんて……。

心臓が早鐘《はやがね》を打ち、全身に嫌な汗をかき始める。

まだ、そう遠くへは行っていないはず。とにかく急いで見つけないと……。

「……けいれいっ！　あれ、ちょっと違う？　……けいれいっ！」

いた。

例の迷彩コンテナハウスの前で、マリーは迷彩服に身を包んだ男性二人と、なにやら楽しそうにしていた。

マリーは今「敬礼《けいれい》」と言ったのだろうか。しかし、マリーのポーズはどう見ても、バカなお殿様《とのさま》が繰り出す、例の鉄板ギャグのポーズだ。

「いや、もうちょっとでありますな。もうちょっと角度をつけて……あぁ！　そうであります！　敬礼ッ！」

マリーのポージングを熱心に指導しながら、ズビシッと敬礼を決める二人の男性は、恐らくあのコンテナハウスの店主だろう。悪い人たちではなさそうだが、服装もテンションも、やはり完全に場違いである。

「あ、あの～……。すみません、うちの子がなんか、お邪魔《じゃま》しちゃったみたいで……」

わざとそうしようとした訳ではないが、俺はなんだか保護者みたいな登場の仕方をしてしまった。俺に気づいたマリーが「あ、セト、こっちこっち」と呑気《のんき》に手招きをする。

「ややっ！　こちらのお嬢さんのお兄様でありますか！　お連れの方と逸れてしまったのかと、心配していたのでありますッ！」

とても心配をしてるようには見えなかったんだが……目に見えない彼らなりの気配りがあったのだと、信じるべきか。

「そうなんですよ、ちょっと目を離した隙にいなくなってて。いやぁ～、はは……さ、マリー行くっすよ」

ザッと即座に踵《きびす》を返す。うん、この手の方々にはあまり深く関わらない方が良い。

と、マリーを連れてさっさと行こう。そうしよう。

と、マリーの手を握った俺だったが、足を踏み出そうとした途端、謎の踏ん張りに引き止められた。振り返ると、マリーは「ふんふん」と迷彩コンテナを指差し、何かを俺に伝えようとしている。

見ると、コンテナの扉の上部に、鉄板をエイジド加工したような物々しい看板が打ち付けてあった。

その上に書かれているのは店名だろうか。黒色の看板に赤文字で書いてあるものだから読みづらくってしょうがないが、陽が落ちきっていないおかげで、かろうじて読み取ることができた。

『ヘッドフォンアクター舞姫《まいひめ》の帰還《きかん》』

……？

「『へっどふぉんあくたー』屋さんなんだって。セト、次の勝負はここにしよう」

「えええええええええええええええ!!　ぜっっっったい怪しい店っすよ!!　っていうか何のお店だか解らないし!!　いや、怖いお店っすよきっと。マリー怖いのダメじゃないっすか。ね！　ねっ!!」

「今日はだいじょうぶ。いける」

「お二方ご入場いただきます!!　敬礼ッ!!」

『敬礼ッッ!!』

「ああああああああああああああああああああああ!!」

＊

「……というわけで、簡単なシューティングゲームであります。操作が解らなかったら、また説明させていただきますので」

「あっ、はい」

意外とまともだった。

なし崩しに通されたコンテナハウスの中は簡易的《かんいてき》な冷房装置が備え付けてあるらしく、見た目の割に客思いの、いやに気の利《き》いた空間だ。

しっかりと目張りされた室内は暖色のＬＥＤライトで照らされ、いわばプライベートルームのような趣《おもむ》きがあった。

あんな外観をしているものだから、中にどんなマッドな世界が広がっているのかと竦然《しょうぜん》としていたが、どうやら杞憂《きゆう》だったらしい。かかなくていい恥をかいてしまった。

「……セト、ビビり」

先ほどの慌てっぷりを見てか、マリーが失望《しつぼう》の意味をたっぷり込めて、俺を一瞥《いちべつ》する。

「しょ、しょうがないじゃないっすか。こんな見たこともないような屋台、普通ほいほい入って行かないっすよ……」

「もう～、やったことないことのほうが楽しいのに～」

ぶうっと頬を膨れさせると、マリーは手にしたコントローラーをガチャガチャ弄《いじ》った。

話によると、この「ヘッドフォンアクター」というのは、対戦型のシューティングゲームらしい。

並んで座らされた俺たちの前には、それぞれ黒色の背の高いテーブルがあり、その上にはテレビゲーム用と思しきワイヤレスのコントローラーが置いてあった。

そして正面には簡易《かんい》スクリーンが垂《た》れており、背後に備え付けられたプロジェクターから、そこに映像を映し出す仕組みのようだ。

「祭の屋台」のイメージにはあまり符合《ふごう》しなかったが、最近はこういった出店もよくあるのだろうか。あまり話には聞かないが。

しかし、見た目は置いておいたとしても、迷彩服の彼らは随分と気のいい人たちだった。

普段は地元でそれぞれ仕事をしているらしいが、なんでも数年前に出会ったこのゲームが忘れられず、この度《たび》の出店は念願叶《ねんがんかな》ってのことらしい。

ゲームデータは借り物らしいが、持ち主の許可はしっかり得ているとのことだった。

それをあんまり嬉しそうに話すものだから、こちらも自然と悪い気にはならなかった。

まぁ、操作説明の半分がそんな話だったのには、少々参《まい》ったが。

「敵が来たら、ポチ、敵が来たら、ポチ……」

迷彩服の彼らの説明を、自分なりの解釈で復唱するマリー。

あぁ、やっぱりマリーは愛らしい。しかし、悲しいかな、今の俺たちは敵同士なのだ。

テーブルに置かれたコントローラーを摑《つか》み上げ、握《にぎ》り心地《ごこち》を確認する。テレビゲームをやるなんて、本当、久しぶりだ。

父さんが好きだったから家の皆でゲームをやるなんてこともあったけど、姉ちゃんが馬鹿みたいに強くって、あんまり楽しかったっていう思い出はない。

たまにカノと「ちょっとやろう」なんてことになっても、お互いあまり勝ち負けに拘《こだわ》れない性格だったせいか、いつも途中でなぁなぁになってしまった。

思い返してみても勝った記憶なんて見当たらないが、しかしそれでも「経験者」であることに変わりはない。

祭の会場なんかで出店しているということは、内容も万人《ばんにん》向けに調整されているんだろうし、大きく後れを取るなんてこともないだろう。

ゲーム未経験者のマリーと俺とでは、断然《だんぜん》俺に分があるはず。勝てる。この勝負勝てるぞ。……あぁ、なんか、自分がものすごくさもしいやつに思えてきた。違いはないけど。

「さっ、お二方準備はよろしいでありますか」

最終確認の声に、図《はか》らずも心臓が高鳴る。

「うん、いつでも大丈夫」

「お、俺もいけます。いつでも」

そうして室内の照明が落ちると、いよいよスクリーンには、ゲームのオープニング画面が映し出された。

「ヘッドフォンアクター」というタイトルロゴの奥には、不気味な街の風景がシルエットになって浮かんでいる。

それぞれがスタートボタンを押すと、難易度《なんいど》選択画面が現れた。

「……えっと、これはどれを選んだらいいんすかね」

「はっ！　どれでもお好きなのを選んでいただければ！　ちなみに自分のおすすめは……」


ピコーン！


小気味のいい効果音とともに、画面が暗転する。

あれ、俺はなにも操作していないのに、難易度が選択されたってことは……。

「さぁ、はじまるよ。集中して」

やはりこの子か。狩人《かりうど》だ。マリーが狩人の目をしている。


慌ててコントローラーを握り直し「ゲームスタート」の文字を目に焼き付けた……

途端、とんでもない数の敵が、画面中ところ狭しと暴れまわり始めた。

「ううううわあああああ‼ な、なんすか！ なんなんすかこれ！」

我武者羅《がむしゃら》にボタンを連打し構えた銃を乱射するも、ファンシーに描かれた「敵」たちは、ほいほいと軽やかな身のこなしで弾を避けていく。

そうしてずんずんと目の前に迫って来たかと思えば、そのファンシーな見た目にはまったく似つかわしくない鋭利《えいり》な爪《つめ》で、ザグザグと俺の操《あやつ》るキャラクターに致命傷《ちめいしよう》を与えていくのだから、もはや恐怖以外の何物でもなかった。

万人向けどころか万人殺しの鬼畜《きちく》難易度に、俺が泡を吹いていると、横からは「どうでありますか！ 最高難易度のスリルは！」と呑気な声が飛んでくる。仰《おつしや》る通りの最高のスリルですよ、ちくしょう。

しかし、俺でこんな体《てぃ》たらくなのだから、マリーなんてもっと酷《ひど》い目に遭《あ》っているんじゃないか。

自分のキャラから目を離すのは不安だったが、どうせ撃っても当たらない銃をバンバンやっているだけなので、捨て置いてマリーの方を見る。

中央で仕切られた対戦画面の左、マリーの戦闘画面では、なんというか、逆に凄惨《せいさん》な出来事が起きていた。

「と、止まってる～……」

マリーに向かって突進をするはずの敵たちは、皆一様に動きを止め「よいしょ、よいしょ」というマリーの控えめな掛け声とともに、頭を撃ち抜かれていく。

逃げることもできず、争うこともできず「あぁ～っ」と悲痛な叫び声をあげながら死んでいく敵の姿は、もはや哀《あわ》れとしか言いようがなかった。

「む、故障でありますか」

「どうでありますかな。しかしこれもまた一興《いっきょう》」

あぁ、興じていただけてるならよかったです。すみません、本当に。

そうして俺がポカンとしているうちに、画面にカットインした「フィニッシュ」の文字が戦いの終わりを告げる、戦績《せんせき》は言わずもがな、天と地ほどに差が開いていた。

「ふぅ。あれ、セト。あ、あんまりだったみたい……だね」

一息吐いてマリーはそう言うと、後ろめたそうに口元をひくつかせた。どうやら自覚はあるらしい。

「マリ～……『能力』使ったでしょう。わかってるんすよ。ほら、ちゃんとこっち見るっす」

「ず、ずるしてないよ。本当だもん」

しかし、一向にこちらを見ようとしないマリー。まったくこの強《したた》かさは誰に似たのか。

結果だけ見ればマリーの二勝目だったが、どう考えたってこれは物言《ものい》いだ。

とはいえ、このコンテナの中でこれ以上口論するわけにもいかないので、俺は席を立つ。

「はぁ。とにかく、外に出てちゃんと話しするっす。まったく、こんなことに『能力』を使うなん……て……」

対戦終了画面が消え、いつのまにかスクリーンには「ランキング」と題されたネームリストが映し出されていた。

№1の項目には、おそらくパーフェクトの戦績を叩き出したのであろうマリーの名前がある。

そうして、それより下に並んだいくつかの名前を見て、俺は言葉を失った。

No.1 MARY
No.1 SHINTARO_K
No.3 ENE_
No.4 KIDO_
No.5 HARUKA_K
・
・
・

「……ど、どうしたの？　セト。大丈夫？」

マリーが心配そうな表情を浮かべて駆け寄るまで、俺は息をすることもできなかった。

途端激しい目眩《めまい》に襲われ、心臓が張り裂けんばかりに高鳴る。

何故《なぜ》？　どうしてここに彼らの名前がある。

偶然なのか。それとも「忘れようとしている」俺に警告をしているんだろうか。

「ご、ごめんね！　ほ、ほんとはズルしちゃったの。だから怒ってるんだよね？　ねえ、セト……」

マリーの言葉に返事もせず、俺は乱暴にその手を掴んで、コンテナの外へと飛び出した。

後ろから、迷彩服の声音で気遣うような言葉が聞こえたが、とてもじゃないが振り向けない。

「セト！　危ないよ！　もっとゆっくり歩かなきゃ……」

とにかく、この場を離れたかった。人混みをかき分け、闇雲《やみくも》に人気《ひとけ》のないところを目指す。

クソッ……進みにくい……。

頭に「彼ら」の顔が浮かぶ。皆一様に、俺を責め立てるかのように、無機質《むきしつ》な目を向けて来る。

違う、これは俺の想像だ。搦め捕られるな。忘れるって決めたんだ。

とにかく進め、皆邪魔《みなじやま》だ、早く、早く逃げなきゃいけないのに……！

『何あれ……なんか事件？』

「……ッ!?」

……『声』が聞こえた。

確かに今、聞こえてしまった。

『うわ、あの人顔色超ヤバい……誰か警察呼べよ』

やめろ。

『マジかよ、今日初デートなのに、空気読めって』

うるさい、うるさい、うるさい……。

『マジ調子のんなよな。ホントどこにでもいるなぁ、ああいう人のこと考えないやつ』

うるさい!! 黙れ、黙れ、黙れ!!


右の足が、痛いくらいに地面を蹴《け》った。

『能力』の暴発《ぼうはつ》が抑《おさ》えられない。それどころか『盗む』はかつてないほどに数多《あまた》の『声』を拾い上げ、それを頭の中に無造作《むぞうさ》に並べ立てた。

割れそうになる頭をフル稼働させ、兎にも角にも足を前に出す。

逃げろ。とにかく誰もいないところへ逃げるしかない。

マリーを連れて、どこか遠くへ……!

『すげ〜。こんなに混んでるのに走るとか、頭おかしいんじゃねぇの』

走る。

『ちょっ、あいつ今ぶつかったじゃん。マジなんも言わねぇとか、死ねよほんと』

ただ、走る。

『うわ、顔超必死でウケるんだけど。何考えてんだろ「一人」で花火大会来て暴れるとか……』

……一人？

「……ぃだッ！」

踏み込もうとした足が迷い、縺《もつ》れた直後、勢いよく進んでいた俺の身体は強烈《きょうれつ》に地面に叩きつけられた。

痛みと、息苦しさと、浴びせられる劇毒《げきどく》のような『声』に、俺は堪《たま》らず悲鳴を上げる。

嘲笑《ちょうしょう》が、蔑視《べっし》が、憎悪《ぞうお》が、無頓着《むとんちゃく》な殺意《さつい》が、四方八方《しほうはっぽう》から脳みそに飛び込み、脳《のう》髄《ずい》をかき回す。

そのあまりの辛《つら》さに『能力』を宿した眼球を抉《えぐ》り出そうとする両手を押さえ込みながら、俺はなんとか立ち上がってあたりを見回した。

人、人、人。俺を見つめる怪訝な表情の海に、ひたすら視線を泳がせる。しかし……。

「いない……！」

確かに手を握っていた。手が離れた感覚なんてなかった。それだというのに、どうしてマリーがいなくなる？

決死の思いで辺りの『声』に意識を向けるも、マリーの『声』だけがどうしても見つからない。

聞き漏らしている？　そんなはずがあるか。俺があの子の声を聞き逃すなんて、そんなことあるわけがない。

……仮に、マリーが「消えた」んだとしたら？

「……違う」

そうだ。マリーは使わない。マリーは気づいていないんだ。マリーが『キドの能力』を使うなんて、そんなことあってたまるか。

ダメだ、考えるな。思い出すな。全部忘れるって、決めたじゃないか。

だから頼む、頼むから思い出さないでくれ……。

宵闇《よいやみ》に響き渡る『声』たちが、まるで蝉の音のように、輪唱《りんしょう》を奏でる。

生き地獄のような世界の真ん中で、あの子への想いだけが唯一思考を繋《つな》ぎ止《と》める。

マリー、マリー、可哀想《かわいそう》なマリー。

何一つできなくたっていい、何一つ覚えなくったっていい。あの子のできないことは、俺が全てできるようになればいい。

あの子がいつまでも変わらず、いつまでも今のままでいてくれるなら、俺は何も望まない。

あの子が、悲しい思いをしなくて済むのなら、俺は嘘つきにだって、罪人にだってなってみせる。

偽《いつわ》りだろうと幻《まぼろし》だろうと、綻《ほころ》びだらけのこの日常を、俺はいつまでだって続けてみせる。

長かった髪も、いなくなった仲間も、この夏の記憶も、あの子のために、忘れてみせる。

なぁ、理不尽《りふじん》な神様。あんただけは気づいてたんだろう。

蝉の声に、俺はもう何年も、仲間の声を重ねていたんだ。

俺は「彼ら」が夏を越えられないことを、ずっと前から知っていた。

だから、もう迷わない。あんたが無責任《むせきにん》に放り投げたこの「未来」を、全てあの子に捧《ささ》げるって、そう決めたんだ。

あの子は絶対に一人にしない。それが俺の「幸せ」なんだ。

「忘れない」ことが「思い出」の前提条件《ぜんていじょうけん》であるなら、忘れてしまった「思い出」はなんと呼ぶのだろうか。

危《あや》うく取り零《こぼ》しそうになった「記憶」について、俺は誰に語るでもなく思いを巡《めぐ》らせる。

胸を焼くような「別れ」も、奇跡のような「再会」も、決死の覚悟で手を伸ばした「未来」も、いくら大事にしたところで、忘れてしまえばあっけないものだ。

「忘れる」というのは、寂《さび》しささえも残さない。初めから存在しなかったかのように、忘れられた記憶は「思い出」という名も捨てて、綺麗《きれい》さっぱりいなくなる。

心底《しんそこ》、不条理《ふじょうり》な話だ。どれだけ愛おしく思ったところで、記憶に柵《さく》はつけられない。真に忘れてしまった「思い出」は、思い出そうとする動機さえ、忘れさせてしまうのだ。

そうだ、俺たちはずっと「忘れ続けて」ここにいる。思い出せない記憶の亡骸《なきがら》を踏みつけて、なんとなくで前に進んでいる。

そのことだけは願わくば、忘れてしまいたくないもんだ。


「……お～い、起きてる？」


茜色《あかねいろ》に浸《ひた》された教室に、無神経《むしんけい》な声が響く。

窓際最後尾《まどぎわさいこうび》の席に腰掛け、暮《く》れ泥《なず》んだままのまるでジオラマのような街並みを眺めていた俺は、声の持ち主に目を向けた。

夕映えに照らされたアヤノの顔が、一つ前の席から、ずいっと俺を覗《のぞ》き込《こ》んでいる。

生きてるも死んでるも曖昧《あいまい》なこの世界に、そもそも「眠る」なんて概念《がいねん》があるのか甚《はなは》だ疑問だが、ジョークだろうか。

いや、怪しいな。こいつは何も考えてなさそうだ。


「目開けて寝るやつがいるかよ」

俺はぶっきらぼうにそう言うと、再び窓の外の街並みに目を戻した。視界の隅で、アヤノが小さく居竦《いすく》まる。

その様を見るに、どうやらアヤノも薄々勘付《うすうすかんづ》いているらしい。

別に意地悪してやろうという気はなかったが、何を隠そう、俺は少々気が立っていたのだ。

「も、もしかして……相談しなかったこと、怒ってる？」

おずおずと僅《わず》かに身じろぎしながら、アヤノは上目遣《うわめづか》いに言う。

「……何を？」

「えと、シンタローに相談しないで、一人でこっち来ちゃったこと……とか」

言い終えて俯《うつむ》くも、アヤノは俺の顔色をチラチラと窺《うかが》った。

……まぁ、大方《おおかた》当たりだった。

少なからず俺も、こいつのことは嫌いじゃない。

なんだかんだで俺のことを慕《した》ってくれているようだったし、勉強を見てやったのも、一度や二度ではなかったはずだ。

もちろん、俺とこいつは男と女であるから、秘密の一つや二つ、それぞれあって然《しか》るべきとは思う。

それくらいは良しとしても、友人同士、大きな苦難を前にした時は互いに頼り、頼られる関係であると、俺はてっきりそう思っていた。

しかし、だ。

んまぁ～、メカクシ団の連中から、こいつに関する聞いたこともないような話が、出るわ出るわ！

やれ、一人で『冴《さ》える』のことについて調べまわってただの、やれ弟妹《ていまい》が全員『能力者』だっただの、極め付けに単身《たんしん》『カゲロウデイズ』に乗り込もうとしただの、掘れば掘るほど聞いたこともない話のバーゲンセールである。

いや、別に秘密にされていたことが悔《くや》しいとか、アヤノのことは根掘り葉掘り知っておきたいとか、そういうのではない。断じてない。

事情があったとは言え、自分のことも顧《かえり》みず無鉄砲《むてっぽう》なやり方をした事に、ただただ友人として憤《いきどお》りを覚えているのだ。

チラ、と見ると、アヤノは俺の目線に反応して、ソワソワと身体を縮こまらせた。

クソッ……子犬みたいな仕草《しぐさ》しやがって……！

俺の良心に付け込もうったってそうはいかんぞ。俺がこの二年間、どれだけこいつのことで心を痛めたか。

そこいらの男ならコロッと許してしまうかもしれんが、シンタローさんはこの程度で靡《なび》くような軟派《なんぱ》ではない。そこんとこ、シンタローさんはシビアなのだ。

「……まぁ、事情も事情だ。今更《いまさら》責《せ》めたって、どうしようもねぇしな」

無念《むねん》である。シンタローさんは女の子にソワソワされるとコロッと許してしまうのである。

怒られるとでも思っていたのだろうか、アヤノはしばらくキョトンとしていたが、申し訳なさそうに微苦笑《びくしょう》を浮かべた。

「相変《あいか》わらず優しいなぁ。そんなんだからこっち来ちゃうんだよ、シンタロー」

「うるせぇや。お前らも似たり寄ったりだろ」

脳内茶番《のうないちゃばん》もそこそこに、俺は気恥《きは》ずかしい空気を憎まれ口で誤魔化《ごまか》した。

『カゲロウデイズ』に飲み込まれてから、体感時間でおおよそ一日ほど。

とはいえ眠くもならないし、腹も減らないこの環境だと、体感なんてものを頼りにしてもあまり意味はないだろう。

遥先輩《はるかせんぱい》曰《いわ》く、外とこちらとでは時間の流れに大きな差異《さい》があるらしい。

ヒビヤの「同じ日を何度も繰り返した」なんて話を聞いて大凡《おおよそ》の予想はしていたが、案《あん》の定《じょう》、理論も理屈もあったもんじゃない。常識外れの世界であることは、やはり間違いなさそうだ。

「でも、本当にびっくりしたよ。まさかシンタローが皆と一緒に戦ってくれるなんて」

「そんなもん、俺が一番予想外だったぜ。誰かのためにあくせく気を回すなんざ、俺らしくねぇったら……」

「ううん、違うの。なんでか解らないけど、ずっとこうなる気がしてた。皆のこと守るためにシンタローが頑張るんだろうなって」

アヤノは最後「だから話せなかったんだけどね」と付け加えて、はにかんだ。

俺が戦うことを予想してた？

まぁ、モモが『能力者』である以上、俺が巻き込まれる必然性もなかったわけではないが、そもそもこいつはモモが『能力者』だったってことを知らなかったはずだ。だとするなら、いよいよこいつにとって俺は「無関係な人間」だったわけだし、こうなることが予想できただなんて、俄《にわ》かには信じられない。

ん。ちょっと、待てよ。……ははぁん、まさか。

「もしかしてそりゃ『無能力者』の俺への慰《なぐさ》めか？」

何の因果《いんが》か高校の時につるんでいた連中は、どいつもこいつも『能力者』になってしまった。しかし、俺だけは未《いま》だツルッツルのパンピーである。

別に羨《うらや》ましいなんてことを思っちゃいないが、四人の友人の中で一人だけ『能力』を手に入れなかった俺を、こいつは不憫《ふびん》とでも思ったんじゃなかろうか。

しかし、皮肉交じりの俺の言葉に、アヤノはブンブンと首を振って応える。

「ほ、本当だよっ！　私、シンタローが戦ってるとこ夢にまで見たんだもん！」

「ほう、そりゃどんな夢だ」

「えっとね。シンタローが、こうカッコよく皆の前に立って、ビシッとポーズを決めてね。真っ赤な全身タイツに夕日を背負いながら『待たせたな!!　俺が稀代《きたい》のスーパーヒーローだっ！』って、手にした鎖《くさり》付きの鉄球《てっきゅう》をブゥンブゥン……」

「待て待て待て待て!!　どんな変態野郎だそいつは!!　1ミリも『能力』とか関係ねぇっつ～かそもそもまったく実現してねぇじゃねぇか！」

なかばトリップ気味に、鉄球を振り回す俺の姿を想像していたアヤノは、ハッと我に返る。

「ホントだね。ありゃ、違う夢だったかな……」

「いや、どんだけ俺の夢見てんだよお前……」

こいつの脳内で各種変態スーツを身に纏《まと》った俺が活躍しているなんて、悍《おぞ》ましいったらありゃしない。

しかし当のアヤノは、謎《なぞ》に顔を赤らめ「け、結構見てたかも」と、ゾッとするようなことを言った。

「で、でもさ。いろんな目の『能力』があるくらいだし、未来が解っちゃう、みたいな力があってもおかしくないんじゃないかな?」

「まぁ、今更《いまさら》何が出て来ても驚きゃしねぇが、お前がその『未来が視《み》える』能力者だったってか?」

「まさか！　私のは全然違うよ！」

断固《だんこ》違うとばかりに、アヤノがバシッと手をクロスさせる。

「だったらその理論破綻《はたん》してんじゃねぇか！　お前の脳内に巣食《すく》う俺を正当化しようとするな。まずは全身タイツを脱がせてやれ」

「えぇ！　全身タイツ脱いだらカッコいいとこなくなっちゃうよ……」

「えっ、じゃあそもそも俺である必要なくね」

……疲れる。

あぁ、思い出してきたぞ。エネと話すのと同じくらい、こいつと話すのには多大な労力を要するんだった。

まるで「話す」ために話しているかのような、実のない会話……。この論調、死してなお衰《おとろ》えを知らないとは恐ろしいやつ。

しかし、あの頃と違って実のない話ばかりでもない、か。

まさしく死してなお、こいつは外の世界の戦いにおいて、大きな役割を担《にな》っていたのだ。その証拠に、こいつはさっき少々気になることを言っていた。

不毛《ふもう》な会話にならないことを祈りつつ、俺は口を開いた。

「お前さっき、自分の『能力』は未来を視る力じゃない、とか言ってたよな」

「あ、うん。言ったね」

「じゃあ、どんな『能力』を手に入れたんだよ」

……沈黙。

「……あぁ、そうだ！　その話しないと‼」

突如アヤノはガタンッ！　と椅子《いす》を鳴らしながら、猛烈《もうれつ》な勢いで立ち上がった。

「ひゃんッ‼」

そしてそれに盛大に驚いた俺は、不気味《ぶきみ》な鳴き声をあげながら背後へ転倒。見事に後頭部を強打した。ここが『カゲロウデイズ』でなければ、ちょっとした過失致死《かしつちし》である。

「うわぁっ！　ごめんごめん！　で、『能力』の話なんだけど……」

「ちょ、ちょっと待て、テンポが速い、椅子くらい起こさせて」

慌《あわ》てて床から這《は》い上《あ》がり、ガタガタと椅子を立て直す。

まともな会話を始めようとしただけで、この消耗《しょうもう》だ。多分《たぶん》、話を聞き終える頃には、俺の精神は磨耗《まもう》して消え去っているだろう。

「でね」

「おう」

気を取り直して会話を再開する。

「私がこの世界……『カゲロウデイズ』に来た時の話から説明した方がいいと思うんだよね、多分」

「おう。まともに説明できる自信はあるか」

「あ、あんまりないけど……頑張る」

その意気やよし。聞かせてくれ。

「私があの日……屋上からね、アレしちゃった日の話なんだけど」

「……ちょ、ちょっと待て。その言い方は止《や》めねぇか。軽すぎてなんかこう」

「もう～せっかくいい感じで説明できてたのに！　黙って聞いて！」

ベシッと控えめに机を叩くアヤノ。怒られた。黙って聞く。

「あの日『カゲロウデイズ』に入ったあとすぐ……アザミっていう子に会ったの」

……アザミ。『能力』を生み出した張本人《ちょうほんにん》にして『冴える』の謀略《ぼうりゃく》の最初の被害者。

外の連中に『能力』が移ったあと、アザミ本人がどうなっていたのかは知らなかったが、意識を保ったまま『カゲロウデイズ』の中に留《とど》まっていたということか。

アヤノがわざわざ嘘《うそ》をつくとも思えない。会ったというのだから、そうなんだろう。

「あの子、すごく弱ってた。それまでは貴音《たかね》さんにあげちゃった『覚《さ》める』って力でなんとか精神体として存在してたんだけど、それもなくなっちゃって、もう限界だったみたい」

「なるほど……な。榎本《えのもと》がエネになったのは、そのあとってわけか」

「そうそう。いやぁ、貴音さんもなんていうか……す、すっかり明るくなっちゃったよね？」

先輩を敬《うやま》ってか、アヤノは最大限に言葉を選んで言ったようだったが、流石《さすが》に口端の痙攣《けいれん》が誤魔化《ごまか》せていなかった。喜べ榎本、可愛《かわい》い後輩にしっかり見られていたぞ。

俺のニヤつきに気づいたのか、アヤノは「そ、それはおいといて！」と転がり気味に話を再開させた。

「身体も精神もなくなっちゃったアザミだけど、最後に一つだけ、持っていた『能力』があったの。それが、私の貰った『能力』」

そう言ってアヤノは、眦《まなじり》に指を当てた。

「最後の一つ……そいつは俺も知らねぇな」

アザミの日記に記された『十の能力』は、そのほとんどが名称付きで言及されていた。しかし、何度数を数えても、そこには九つの名前しかなかったのだ。

その九つの『能力』は、外の連中の宿《やど》した『能力』に当てはまる。……つまり、アヤノが宿したのは「日記に記されなかった『十番目の能力』」だ。

アヤノは当てがった指をトントンとやりながら、少々迷いがちに言葉を紡《つむ》ぐ。

「これってちょっと変な『能力』でさ。他の『能力』とはちょっと性質が違うっていうか、アザミの「心」から生えてる『能力』っていうか……「伝えたい」って気持ちが創った力って言えば、わかるかな」

「いや、全然わからん」

「……だよねぇ」

はぁ〜っと大きなため息をつくアヤノ。いや、説明下手《べた》なお前にしては頑張っているぞ。

「……あ、そうだ。だったらこうすればいいのか」

……刹那《せつな》。

アヤノの茶色がかった黒目が、まるで夕映えと色合わせしたかのような、濃い橙《だいだい》を宿した。

幾度《いくど》も見てきた『能力』の発動。しかし、アヤノの双眼《そうがん》には、他の『能力』が放つような「威圧感《いあつかん》」がまるで存在しなかった。

「多分ね、こうするのが一番解りやすいと思うんだけど……受け取ってくれるかな」

アヤノの言葉が、唇の動きが、俺の頷《うなず》きを自然と促《うなが》す。

「……ありがと。じゃあ『伝える』ね」

瞳《ひとみ》に揺れる陽の色が、一層に激しく燃え上がる。瞬《まばた》きすらできぬまま、俺はその瞳の説得力に、ただただ身を委《ゆだ》ねた。

「……目を『かける』」

＊

……暗い場所にいた。
右も、左も、上も下もない。
寒くもなければ暑くもない。
そんな場所だ。
「……消えちゃうんだね。アザミ」
暗闇《くらやみ》に響く声。追いかけても、声の持ち主は見当たらない。
そうして声がもう一つ。寄り添うように近づいて、言葉と言葉を重ね合う。

「あぁ。最後にお前のようなやつと話ができてよかった。何一つお前たちにしてやることができず、すまん。本当に、すまん……」

「泣いちゃ嫌だよ、私だって我慢してるんだから……」

「な、泣いてなどおらん。鼻水が出ただけだ。それに……お前の心には、もう私の『記憶』が届いているのだろう」

「……うん、届いてるよ。アザミの『記憶』ちゃんと受け取った。だから、もう寂しくない」

「そうか。ならば安心だ。この先、その『記憶』が何かの役に立つかもしれん。『記憶』は私ではないが、私の生きた……大切な『思い出』だ」

「ほんと、そうだね。アザミの『記憶』……自分のことみたいに解る。ほんと長い時間、頑張って生きてきたんだね、アザミ」

「……ぅ……ひぐっ……」

「あぁっ、ごめん。泣かせようと思って言ったんじゃなくて……」

「違う、違うのだ。そんな……そんなことを誰かに言ってもらえるなんて、夢にも思ってなかったから……」

「ほんと、泣き虫だなぁ、アザミは。大丈夫だよ、わ、私……絶対忘れないから……」

「……なんだ、お前も泣いてるではないか」

「え、えへへ。一緒だね」

「そうだな、一緒だ」

「……」

「……もう時間だ。最後に……これを渡しておく」

「……えぐ……」

「私の『心』……『かける』という力だ。『想い』と『記憶』を伝える力……きっとお前なら……」

「……うん……大事にする。きっとあの子に伝えるよ。……だからゆっくり休んで、アザミ」

「……」

「……」

「……」

「……ひぐっ……うっ、うえぇ……」

＊

「……おかえり。ちゃんと伝わったかな」

「……あぁ、伝わった」

朱《しゅ》に浸かった教室の色は褪《あ》せず、引き戻された俺の意識を、柔らかに包み込む。

「見せられた」わけでも「聞かされた」わけでもないというのに、俺の頭の中には、当然のようにアヤノとアザミとの巡《めぐ》り会《あ》いの記憶があった。

「……シンタローもしかして、泣いてる？」

「泣いてねぇよ。鼻水が出ただけだ」

アヤノはしばし俺の顔を見つめ、言葉の意味に気がついたのか、照れたような笑みを浮かべた。

……アヤノのことを考える。

生前のこいつを取り巻いていた環境は、反吐《へど》がでるほど、劣悪《れつあく》だった。

大切な母親を失い、唯一《ゆいいつ》の拠《よ》り所《どころ》である父親は変貌《へんぼう》し、兄弟と先輩を人質に取られるなんて、よ。

腸《はらわた》が煮え繰り返るなんてもんじゃないぜ、そんな話。

そうして、アヤノは屋上から飛び降り、自ら命を絶《た》つことで『カゲロウデイズ』へと入り込んだ。

これはカノが推測していたが、母の手記と『冴える』の計略《けいりやく》を紐付《ひもづ》けた結果『十の能力』の一つを手に入れれば「『能力』を集めメデューサを創ろう」という、『冴える』の計画を阻害《そがい》できると考えたんだろう。

メカクシ団の連中と出会い、それぞれが語る過去をつなぎ合わせることで、俺はアヤノの行動の真意《しんい》を知るに至った。

そう、どうしようもない「怒り」とともに。

だから、俺は「怒り」を糧《かて》に、戦った。

必死に生きているやつらをコケにして、馬鹿みてえな不条理を押し付けて、未来すら奪おうとするクソみてぇな世界に、殴りかかっていった。

そして、その結果がご覧の有様《ありさま》だ。

何一つも救えやしないし、奇跡一つも起こせない。ない知恵絞って立てた作戦も、皆を救うには至《いた》らなかった。

唯一できることといえば、死んだ友人の話し相手になることぐらいとは、本当、碌《ろく》でもないことこの上ない。

しかし、だ。

死んだところで、腐ったところで、逃れられない事実がある。『カゲロウデイズ』の外では、未だメカクシ団の連中が敵と戦っているのだ。

死んだからといって、俺だけ一人、勝手に終わっていいわけがない。

そして、そう考えているのは、どうやら俺一人ってわけでもないようなのだ。

俺とアヤノは目を見合わせ、お互いの意思を確認するように、言葉を交わす。

「……最後までやらなくっちゃね」

「あぁ、まだ終わっちゃいねぇ」

アヤノの迷いのない言葉に、俺は一つ確信する。

おそらく、俺とこいつはこの戦いに、全く同じ終結を予想しているのだろう。


そもそもこの戦いには、初めから突きつけられている前提条件がある。

敵が不滅《ふめつ》の『能力』そのものであり、唯一それを支配できる『メデューサ』は、この世に存在しなかったということだ。

敵が不滅である以上、マリーが『メデューサ』になって無力化しない限り、いくら逃げようと時間を稼《かせ》ごうと、いずれ『能力者』たちは皆、虐殺《ぎゃくさつ》される。

しかし、マリーが『メデューサ』になるためには『能力者』たちから命の代わりになった『能力』を抜き取る必要がある。

つまり、この戦いには初めから「全員が生き残る」という展開は、存在しないのだ。

どうしようもなく残酷《ざんこく》な話だが、それがこの戦いの「現実」だ。

全員が生き残らない限り、俺たちは胸を張って「勝った」とは言えない。

そうしてメカクシ団は全員、その前提を理解したうえで、戦いに身を投じたのだ。

……もっと早く、もっと前から、全てのことを知ることができていたら。

今更悔《く》やんだところで、何もかもが遅すぎる。全ては今、終わりの直前まで来てしまっているのだから。


しかし、たった一つだけ。

恐らくだが、俺たちの手に残るものがある。

ともすれば無意味なものだが、戦わなければ決して、手に入らなかったものだ。

この戦いに「勝ち」がないのと同じように、それがある限り「負け」もない。

なぜなら俺たちが掲げた目標は「勝つ」ことではないのだから。


「……一つだけ、向こうに残してきたもんがある」

そう言って俺は、ジャージのポケットから携帯電話を取り出し、机の上に置いた。

アヤノは首を傾げる。

「携帯？　向こうとは繋《つな》がらないと思うけど……」

「普通に考えりゃ、そうだろうな。ただ、あっちには『普通じゃねぇやつら』がいる」

一《いち》か八《ばち》かにも足らない、万に一つも怪しいような、そんな賭《か》けだ。

そうしてそれが叶ったところで、敵を打ち倒せる訳でもない。

偏《ひとえ》に「延長戦」を掴《つか》み取るためだけに、俺は最後の望みを、あいつに託《たく》していた。

「思いついても普通やらないよ、そんなこと」

俺の思惑《おもわく》を察《さっ》したのか、アヤノは苦笑いを浮かべる。

「俺も『普通』じゃなくなっちまったのかもな」


生きるためでも、戦うためでもない。

ただただ「選び取る」ことに命を賭けただなんて、傍《はた》から見れば異常に映るだろう。

そうして俺は、あのアジトで定めた俺たちの陳腐《ちんぷ》な目標を、心の中に反芻《はんすう》させる。

『決して未来を諦《あきら》めない』という、子供じみた目標を。

サマータイムレコード -side No.2(3)-

どれくらいの時間、当《あ》て所《ど》もなく彷徨《さまよ》い歩いただろう。

平静を取り戻したわけではないが、気づけば『声』の一切はその鳴りを潜《ひそ》め、耳には人々の営《いとな》みが漏《も》らす、僅《わず》かなノイズだけが届いていた。

その中に、遥《はる》か後方から響く、歌謡曲《かようきょく》の遠鳴《とおな》りが聞こえる。すぐに、それが花火大会の会場BGMであることに気がついた。

随分《ずいぶん》と離れたところまで来てしまったらしい。振り向くこともせず、俺はついに、堤防《ていぼう》の歩道に腰を下ろした。

薄闇《うすやみ》の中、川のせせらぎが孤独感《こどくかん》を掻《か》き立《た》てる。鈍色《にびいろ》のコンクリートの感触は冷たく、それがまた一層《いっそう》に、俺を心細くさせた。

「マリー……」

本当に、バカなことをしてしまった。

せっかくマリーが楽しみにしていたというのに、花火どころか、もう何もかもが台無しだ。

割り切ったつもりでいた。マリーのために、全てを忘れ去る覚悟があった。

ただ、どうしても、スクリーンに並んだ彼らの名前を前に、冷静でいることができなかった。

掴《つか》んだ腕は、痛かっただろうか。マリーはどんな気持ちで『隠す』を使ったのだろうか。

……いや、そんなことは、とっくにわかっているのだ。俺もキドも『能力』を発動させるのは、決まって不安を覚えた時だった。

マリーはあの時……繋《つな》いだ手に、不安を覚えていたのだ。

――

「……ッ！」

どうしようもなく、涙が溢《あふ》れる。あの子に合わせる顔がない。

あの日。『カゲロウデイズ』が「敵」と「仲間」たちを飲み込んだあと。

その場には俺と、マリーだけが残された。

目を覚まさないマリーを担《かつ》ぎ、アジトに辿《たど》り着くまでの記憶は曖昧《あいまい》だ。

覚えているのは、目を覚《さ》ましたマリーが、俺の顔を見て「笑顔」を浮かべたところから。

仲間を失った凄惨《せいさん》な戦いの直後だというのに、あの子が笑うなんて、考えられない。

マリーが記憶を喪失《そうしつ》しているのだと、俺はその時思い至った。

一体どこからどこまでを覚えていないのか定かではないが、少なくとも今回の戦いに関する記憶は、全て抜け落ちてしまっているようだった。

気づいた俺は、全てを伝えるべきか悩んだ。

掛《か》け替《が》えのない友人を失ったことを。その友人の命を糧《かて》にして俺たちは生きているんだということを。

そして、これから「生きていかなくてはいけないんだ」ということを。

……伝えられるわけがなかった。

悩んだのなんて、一瞬だ。その一瞬、頭に浮かんだあの子の絶望《ぜつぼう》の表情が、どうしようもなく怖かった。

何もかもを捨て、あの子の笑顔だけを守る。

忘れてしまった過去なんて、思い出さなくてもいい。思い出せば、きっとあの子は潰《つぶ》れてしまう。

そんな思いをあの子にさせるなんて、俺にはとても、できなかった。

そうして俺は、今日までの日々を取《と》り繕《つくろ》って過ごした。

あの子の好きなアニメを、一緒に観《み》た。

バラエティ番組の心霊特集で、一緒に肝《きも》を冷やしたりもした。

近くに美味《お》しいレストランがあると知って、贅沢《ぜいたく》をしたりもした。

あの子が人参《にんじん》を除《よ》けるものだから、半分にして一緒に食べた。

何も知らない無邪気《むじゃき》なあの子に、悲しみの一片《いっぺん》も与えぬよう、あの子だけを見て、あの子のことだけを考えて過ごしたんだ。

川面《かわも》に、街明かりが反射し、星空のように煌《きら》めいている。

その一つ一つに人の生活があり、人生があるのだと思うと、それが酷《ひど》く現実的で汚らしいものに感じた。

人は誰しも取《と》り繕《つくろ》って、心の中で闇を育てる。

口では「好き」というのに、心では「嫌い」という。

口では「ありがとう」というのに、心では「死んでしまえ」という。

物心《ものごころ》つく前から『声』を聞いていた俺にとって、それは何より普通なことで、異常なことだった。

誰もかれもが支離滅裂《しりめつれつ》に生きていて、一見綺麗《いっけんきれい》に見える世界も、その薄皮《うすかわ》を一枚めくれば、地獄のように淀《よど》んでいる。

……そうだ。

あの子に初めて出会った日も、俺は今日と同じように、世間の『声』から逃げていた。

その日、街ですれ違った人の『声』が、たまたまカノの『声』と似ていたというのが、ことの切っ掛《か》けだった。

その『声』が、カノそっくりの声色《こわいろ》で酷く汚いことをいうものだから、忽《たちま》ち俺は不安に飲まれてしまった。

家族は皆、いい人だった。カノも、キドも、姉ちゃんも、申し訳ないくらいに俺に良くしてくれた。

だからこそ、俺は何よりも家族の心にある闇が、怖くて怖くて仕方がなかった。

「もし、カノが僕のことを嫌っていたら？」「もし姉ちゃんが、迷惑なやつだって思っていたら？」

そう考えた途端《とたん》、箍《たが》が外れたように『能力』の制御が効かなくなった。

その瞬間、罵詈雑言《ばりぞうごん》を土石流《どせきりゅう》にしたような『声』に、俺は飲み込まれた。

たまらず家に逃げ帰ってもそれは少しも収まらず、家族の心配の言葉も無視して、俺は闇雲《やみくも》に家を飛び出した。

多分、一生で一番、距離を走った日だったと思う。

走って、走って、走って……そうしたらいつのまにか、誰の『声』も聞こえなくなっていた。

自分が街を遠く離れ、人里《ひとざと》離れた山の奥に来たのだと気づいた時には、辺りはすっかり暗くなっていた。

帰り道も解らなければ、頼る宛《あ》ても見当たらない。ただただ静かな闇が……何より心地よかった。

あの子の『声』を初めて聞いたのは、その時だった。

まるで辺り一面の闇を、光の絵の具で染められたかのような、そんな衝撃だった。

裏も表もなく、ほんの一片の淀みも感じない。ただ世界に恋をして、いずれ訪れる幸せに胸を膨《ふく》らませるその少女の美しいまでの『声』に、俺は思わず心を奪われた。

そうして痛む足を引きずるように走り、辿り着いたその家にいたのが、他でもないマリーだ。

柔らかな白髪《はくはつ》を揺らすマリーの薄ピンクの瞳は、宝石のように透き通って、俺の姿を映し出す。

その瞬間俺は、子供ながらに悟ったんだ。

「この子を守るために生まれて来たんだ」と。


その日から、俺の頭の中は、彼女のことでいっぱいになった。

彼女の空想に反して、広がる世界は残忍《ざんにん》だ。淀んだ心と、渦を巻く憎悪《ぞうお》の巣窟《そうくつ》だ。

無垢《むく》な彼女が外に出ようものなら、きっと純白の心は黒く染められてしまう。

俺は、彼女のために強くなることばかり考えた。

彼女を守るために、彼女の望んでやまない物語の王子様にだってなってやろうと、本気で思っていた。

淀んだ『声』に埋め尽くされたこの世界で「生きたい」って思える理由なんて、俺にはそれくらいしかなかったんだ。

父さんに宿った『冴《さ》える』の『声』を聞いてしまった時も、家族や自分が皆殺しにされるとわかった時も、頭にはマリーのことばかりが浮かんだ。

彼女を一人にするわけにはいかない。彼女に悲しい思いなんて絶対にさせたくない。そう思えば思うほどに、家族を、友人を蔑《ないがし》ろにした俺の心は、黒く、醜《みにく》く、汚れていった。

決戦の前夜、カノの叫びを聞いた時も、吐き出しそうになる心を抑えて、必死に取り繕った。

カノは……あいつは本当にいいやつだった。あいつが背負ってるものは、なんだって一緒に背負ってあげたかった。

誰よりも優しくて、誰よりも俺の心を知っていて、それなのに不器用《ぶきよう》で……俺たちは本当にそっくりな兄弟だった。

そんなあいつすらも、俺は、マリーと天秤《てんびん》にかけたんだ。

それだというのに、結局俺は何もできなかった。

戦うこともせず、捨てることもできず、ひたすら逃げ続けて、そうしてここに辿り着いた。

あの子の笑顔が全てだ。それだけが、俺の「幸せ」なんだ。そう、そう決めたはずなのに……。


「間違っていた」っていう自分の『声』が、耳に響いて離れない。

不意《ふい》に、一つの言葉が頭に蘇《よみがえ》る。

どうしようもない惨《みじ》めさに蹲《うずくま》ったまま、俺は思わず泣き言を零《こぼ》した。

「すみません、エネちゃん。俺、何もできないっす……」

決戦の日、アザミが『冴える』を飲み込むべく『カゲロウデイズ』を呼ぼうとしたあの時、俺はカノたちと同じように、命を投げ出す覚悟でいた。

マリーを置いて一人逝《い》くのは心苦しかったが、エネちゃんたちならきっと、マリーを助けてくれるだろうと、そう信じるしかなかった。

しかし『カゲロウデイズ』が現れた、その直後。確かに響く強《したた》かなエネちゃんの声色が、俺の耳に届いた。

「私が行くから、大丈夫です。あの子守れるの、あなただけでしょう」

それが自分に向けられた言葉だと、なぜ俺は瞬時に気づけなかったのだろう。

彼女が俺の代わりに命を差し出したのだと知ったのは、全てが終わったあと、足元の床に転がっていた、ひび割れたカノの携帯を見た時だった。


記憶に当てられた俺は、ポケットから徐《おもむろ》に携帯を取り出す。

待ち受けにしたマリーの写真の上に、時刻を示す数字だけが浮かんでいた。無論《むろん》、そこには誰からの着信履歴《りれき》も表示されていない。


俺が、戦う勇気を持っていれば、何かが変わったのだろうか。

目も当てられないような悲劇の筋書《すじが》きを、少しでも変えられたのだろうか。

……いいや、できるはずがない。マリーの手すら離してしまうような弱い俺じゃあ、きっと何をやったって、何も為《な》すことはできなかっただろう。

薄い携帯のディスプレイを力一杯に握りしめ、俺は歯を食いしばった。

何が、マリーを守る、だ。

助けられ、守られ、逃げることしかできない俺が、なんて大それたことを考えてしまったんだ。

仲間も、家族も、もう誰もいなくなってしまった。もう誰の『声』も聞こえやしない。

マリーに会いたい。仲間に会いたい。嫌われたって、軽蔑《けいべつ》されたっていい。ただただ、もう一度だけ皆と一緒に、話がしたい……！

「……泣いてるの？」

声。

「大丈夫？　……一人で寂しかったの？」

マリーの声が、確かに聞こえた。

慌てて立ち上がり、必死に辺りを見回すも、そこにマリーの姿は見当たらない。

『隠す』の効果……？　いや、違う。さっきの声はもっと……触れそうなくらいに近くから聞こえていた。

じゃあいったい何故《なぜ》？　今、何が起きている……？

「せ、セト！　ここだよ、ここ」

一瞬、耳を疑った。

マリーの声は確かに、俺の握った携帯から放たれていたのだ。驚いて、携帯のディスプレイに視線を落とす。

「えっ？」

そこにはかつてのエネちゃんと同じように、フワフワと画面内を漂《ただよ》うマリーの姿があった。俺は瞠目《どうもく》し、呆然《ぼうぜん》と口を開ける。

「あぁ、やっと気づいてくれた！　ごめんね、びっくりしちゃった？」

「び、ビックリした……」

目の前に起きていることに頭が追いつかず、張り裂けそうな心臓の高鳴りを抑えることができない。

目の前のこの現象は、間違いなくエネちゃんの持っていた『能力』によるものだ。

マリーは今、元々持っていた『合体《あわ》せる』に加え、四つの『能力』を持っている。

使えない道理《どうり》はないが『隠す』に続けて、この力まで使えるようになっていたなんて……。

「マリー。どうしていきなりこんな……っていうか、身体は⁉ まさかどこかに置いて来たんじゃ……！」

「わ、わ、落ち着いてセト！ だいじょうぶだよ、ちゃんと……いるから」

画面内、マリーの表情がわずかに曇る。

「どこに⁉ すぐ行こう、場所を教え……て……」

胸を焼くジクジクとした痛みが、俺の言葉を堰《せ》き止《と》めた。

すぐ行こう？ 誰が、どの口で言っている。

マリーを騙《だま》し、仲間を忘れようとしたやつが、この先マリーに「会って」何を話そうっていうんだ。

また偽《いつわ》りに塗《まみ》れた日常を続けることが、マリーのためになるなんて、本気で思っているのか。

……もうとっくに気づいている。俺は、王子様になんて、なれなかったんだ。

マリーを想うこともやめられない、仲間のことだって忘れられない、中途半端《ちゅうとはんぱ》な「化け物《ばけもの》」だ。

今更《いまさら》、と思われてもいい。話してしまったら、この子は泣いてしまうかもしれない。

それでもこれ以上、この子を嘘《うそ》で汚してしまいたくはなかった。

「……マリー、話したいことがあるんだ。聞いてほしい」

マリーの顔を見られないままで、俺は言った。

いきなり、何を言い出すんだと思われるだろう。一つ一つ説明するのに、どれくらい時間がかかるだろうか。伝えたところで、それを果たして、受け止めてもらえるだろうか。

マリーはきっと、何も知らない。

純粋で、無垢で、俺が守ってあげなくちゃいけない存在だ。

……そう。

マリーが言葉を返すまで、この子のことを何も知らなかった俺は、呆《あき》れるくらいにそう信じこんでいた。

「……私もあるの、話したいこと」

俺の知らない声で、マリーは言う。

「行こう、セト。皆が待ってる」

*

石造りの階段を、一段、また一段と登っていく。

灯籠《とうろう》に火は焚《た》かれておらず、左右の雑《ぞう》木林《きばやし》に狭められた視界は、夜闇《よやみ》の色に染められていた。

手に握った携帯から、マリーの声はもう聞こえない。

そして俺も、マリーに何かを訊《たず》ねようとはしなかった。

石段に散った砂利《じゃり》を踏みつける音だけが、静寂《せいじゃく》に繰り返されていく。

遠く、花火会場の騒《ざわ》めきも、もう聞こえない。夏虫の鳴き声はおろか、生き物の気配すら感じない。

かつてマリーの住んだ、あの家を包んでいた静けさが、ここにはあった。

人払い、だろうか。それとも、別の意味があるのだろうか。しかし、これがマリーの『隠す』を使った計《はか》らいだということだけは、なんとなく解っていた。

全てが死に絶えたような静寂の中、マリーの言葉だけが頭に浮かんでは消えていく。

マリーは「話したいことがある」と言っていた。それに「皆が待ってる」なんてことも。

あの子は、俺の知らない何かを知っているのだろうか。そうして俺は、なぜその話を聞かされるのだろうか。

ひどい話だ。皆目見当《かいもくけんとう》もつかないなんて、心のどこかで、あの子のことを全て解ったような気になっていたのかもしれない。

本当、こんな体《てい》たらくであの子を守る「王子様」だなんて、烏滸《おこ》がましいにもほどがある。

きっと、今日で全てが終わるのだろう。しかし、そんな確かな予感とは裏腹に、その結末だけはどうにも想像ができなかった。

そうして、いよいよ登り着く。

拓《ひら》けた神社の境内《けいだい》は、音がそう示すように、閑散《かんさん》としていた。

本堂へと続く石道の上、見つけた純白の後ろ姿に、俺は息を飲んだ。

「……どうして」

一目見て気がつく。振り返ったマリーの姿は、あの日と同じように変貌《へんぼう》していた。

あの日以降消えていた頬《ほお》の鱗《うろこ》と、鮮血のように緋《あか》く揺れる瞳。マリーは俺の言葉に反応するように、蛇《へび》に似た切れ長の瞳孔《どうこう》を、わずかに細めた。

「来てくれて、ありがとう。どうしても、ここが良かったから」

喋《しゃべ》り口調はマリーのものだったが、いつもの気弱な素ぶりは見当たらない。

「一体どういうことなのか」と訊ねようとした矢先、見透かしたかのようなマリーの言葉が飛んできた。

「『盗む』は、大丈夫？　ごめんね、私もびっくりして『隠す』が抑えられなくて……」

その言葉一つ一つに、驚きが隠せない。

マリーの口から『能力』の名前が出ることなど、今まであっただろうか。

俺が面食《めんく》らっていると、それを察したのかマリーは俺の言葉を待たずに「私から話すね」と切り出した。

「……私、謝らなくちゃいけないことがあるの。ずっと言わなきゃって思ってたんだけど、言えなかった」

申し訳なさそうに、目を伏せるマリー。

予想だにしていなかった唐突《とうとつ》の告白に、俺は頷《うなず》くことすらもできない。

「あの日……あの戦いが終わってから私、ずっと嘘ついてた」

マリーの放った「戦い」という単語に、心臓が締め付けられた。

俺があの日から今日まで、決して口に出さないように努《つと》めてきた言葉だ。

「う、嘘……？　それに戦いって、マリー、記憶は……」

「ずっと覚えてたよ。なにも忘れてない。あの時私が笑ったから……勘違いさせちゃったんだよね」

マリーの表情が、一層に濃い悲壮《ひそう》の色を宿す。

その言葉に、表情に、思考をグチャグチャと掻《か》き混《ま》ぜられる。

マリーが何も忘れていない？　そんなまさか、そんなことはあり得ない。

あの日、戦いから帰ったアジトで、確かにマリーは笑っていた。俺はそれを見て、マリーが何も覚えていないのだと悟ったんだ。

だいたい、覚えていたとするなら、何故笑った？　泣きじゃくりこそすれ、仲間の死の直後にマリーが笑うなんてこと、あるはずが……。

……「笑った」？

浮かんだ一つの考えが、信じきっていた浅はかな予想を、端から崩し始める。

違う。マリーは、笑おうと思って笑ったんじゃない。あの笑みの意味は、まさか……。

「……俺を不安がらせないために？」

マリーは俺の言葉に小さく頷くと、力なく笑う。

「うん……。だってセト、すっごく悲しそうな顔してたんだもん。私まで泣いてたら、もっと悲しくなっちゃうでしょ？」

音もなく、境内を温い風が吹き抜ける。

突きつけられた事実を前に、俺の身体は糸が切れたかのように、弛緩《しかん》した。

支えの効かなくなった足が折れ、勢いもそのままに両膝《りょうひざ》が地面を打つ。鈍《にぶ》い痛みを膝に覚えたが、それすら正しく感じられないほど、俺の頭は混濁《こんだく》していた。

ずっと、俺は、この子に助けられていたんだ。

俺を笑顔にするために、あの日マリーは笑顔を浮かべた。俺を悲しませないためにマリーは記憶を失ったふりを続けていたのだ。

マリーが仲間の死を知って壊れてしまうだなんて、とんでもない。仲間の死を受け入れた上で、マリーは俺を、守り続けてくれていたんだ。

俺は、この子の顔をしっかり見ていたか？　この子の言葉をしっかり聞いていたか？

買い出しも、家事も「手伝う」と言ってくれたのは、俺の「偽りの生活」を支えようと、必死になってくれていたからじゃないのか？

言葉も返せず、ただただ呆然とする俺に、マリーは続けて語りかける。

「でも、これじゃダメだって思ってた。セトが皆のこと忘れようって頑張ってたのも、全部私のせいだもん。……だから、考えたの。あの子と一緒に」

マリーの指が、ふいに中空を指し示す。その指針はちょうど俺の頭上を突き抜け、背後に伸びていた。

地面に膝を突いたまま振り返ると、そこには、石段を登りきった直後であろう、一人の団員の姿があった。

　空色のシャツにベスト、短パンという出で立ちは、あの決戦の日から変わりない。

「ヒビヤ……くん……」

　俺が弱々しく名前を呼ぶと、気まずそうにしながらヒビヤくんは頬をかいた。

「別に、あんたのこと騙《だま》そうって思ってた訳じゃないからな。その人に、黙っててほしいって言われたってだけで」

「来てくれてありがとう、ヒビヤくん。もう……話せたから、大丈夫」

　そうして交わされる二人の会話に、俺は頭を必死に追いつかせる。

　何故マリーはヒビヤくんと交信が取れた？　決まってる『覚める』を使ってだ。

　マリーは、あの戦いの全てを覚えていた。必死に戦い、俺たちを守り、作戦を遂げようとした彼らのことを、ずっと想っていたんだ。

「決して未来を諦《あきら》めない」

　皆で掲《かか》げたあの目標を、マリーは忘れていなかった。

俺が思っているよりも、ずっとこの子は強かった。

純白を汚すことなんて、この子は恐れちゃいなかったんだ。

きっとあの日以降、マリーはずっと『能力』を使ってヒビヤくんと「作戦」を続けていたんだろう。

仲間を失った孤独《こどく》と、未来を託《たく》された重圧の中で、決して俺にその素ぶりは見せぬよう、必死で。

そしてヒビヤくんも、同じ思いでマリーに協力をした。きっと彼の目も、未だ未来を見つめ続けている。だからこそ、こうしてここに現れたのだ。

……あぁ、だめだ。もう言葉の一つも口にできない。

マリーの為だと全てを諦《あきら》め、一人何もしていなかったのは、俺だけじゃないか。

マリーが必死に、絶望と戦っていたっていうのに……!

境内の中心、情けなく蹲った俺は、抑えきれない嗚咽《おえつ》を零した。

恥も外聞《がいぶん》も通り越して、ただただ、彼らに報《むく》いることができなかった自分が惨《みじ》めでしょうがない。

誰か俺を裁《さば》いてくれ。臆病《おくびょう》な俺を殺してくれ。頼む、頼むから……。

「……大丈夫、怯《おび》えないで」

闇に『声』が響く。

「自分を責めないで、セト」

ダメだ、マリー。やめてくれ。

「誰もセトのこと、嫌いになんてならない。あなたが戦ってくれたこと、私わかってるもん」

俺は、君に抱きしめられる資格なんてない。許されるなんて、あってはならないんだ。

「ずっと守ってくれて、ありがとう。私のこと、大事にしてくれてありがとう」

あの日から何一つ変わらない、俺の世界を壊してくれる『声』。そうだ、俺はこの『声』に人生を捧《ささ》げたんだ。なのに……俺は……。

「私、あなたのおかげで、世界が大好きになれたの」

目を開けて、俺は、世界で一番綺麗な涙を見た。

光だろうと、花だろうと、希望だろうと、この尊《とうと》さを語る言葉には、決して足らないだろう。

ずっと彼女を守りたかった。

終わらない夏を、一緒に越えたかった。

神様が夏の先を用意していないのなら、彼女と一緒に、創っていきたかった。
俺はあの時からずっと、この子にどうしようもなく、恋をしていたんだ。
「ねぇ、セト。ここからだったら、綺麗に花火観れるかな」
叶わなかった願い事が、夏の夜に溶けていく。
音も、光も、見つからないこの場所で。
温もりだけが、確かに在《あ》った。

ちょっと目を離した隙《すき》に、色々話し終わっちゃうだなんて、シンタローくんたちもちょっとひどいと思うよ。うん。

なんてそんな話、何十回くらいしたんだろう。

っていうか多分《たぶん》、まともに聞いてもらえたの二回くらいなんじゃないかなって思う。

貴音《たかね》、おんなじ話されるの大っ嫌いだし。

にしても、性格変わったよね～、貴音。昔のあのツンツンした感じも好きだけど「エネ」も全然、元気で好きだよ、僕。

なんてことを考えながら、僕は、グダグダと不毛《ふもう》な日常を……。

「……いや、あんた。それ全部声に出てるから」

「あれ、そうだった？　いやぁ～、こっちにいると、言葉の感覚麻痺《かんかくまひ》しちゃうよねぇ」

「わざとらし……」

ここは貴音の『カゲロウデイズ』。

荒廃《こうはい》した街の中、適当な瓦礫《がれき》に腰掛けた僕らは、不毛な会話を続けていた。

横に腰掛けた貴音は、青いジャージに黒スカートの出で立ちで、いつも通りに不機《ふき》嫌《げん》だ。

「でも、なんで僕の前だとそんなに機嫌悪いのさ？ 皆の前だと、なんていうか『ごっしゅじ～ん』みたいな感じなのに……」

「だぁ～っ！ もう、うっさいうっさい！ あぁ～……ほんっとあんたと話してると疲れるわ」

「疲れるって言うけど、こっちの世界じゃあんまりそういうの」

「そ！ う！ い！ う！ とこが!! 疲れるって言ってんの!!」

みたいな感じで、僕はこっちの世界を変に堪能《たんのう》してしまっていた。

やっぱりここは偽物の世界だけど、また貴音に会えたってだけで、僕は結構《けっこう》大満足。

「そういやさ。あんた、聞いた？」

「ん、なにが？」

「電話……かかってくんだって。もうそろそろで」

「あ～、そうなんだ。じゃあ、僕らもボチボチ行かないとねぇ」

ちょっとの沈黙。

あれ、と思って貴音を見ると、いつものブスッとした表情はそのままに、少し寂《さみ》しそうに呟《つぶや》いた。

「なんかこの世界って、バグったゲームぽくない？　なんでもありで、あんま好きじゃない」

……あぁ、なるほど。

言葉の意味が解った僕は、笑顔を作って口を開く。

「貴音は負けず嫌いだもんね？」

意地悪く僕が言うと、貴音は腕組みをし、エヘンとばかりに胸をそらす。

「あったりまえでしょ！　負けっぱなしなんて、ありえない。勝つまでやるよ。あんたはどうなの？」

貴音の不敵《ふてき》な笑みに、僕もたまらず悪い顔をしてしまう。

影響されやすいなぁ、僕。

まぁ、この子にくらいのものだけど。

「当たり前でしょ？　次は絶対……」

「……じゃあ、かけるよ」

股《また》を開き、少々不格好《ぶかっこう》なポーズで、ヒビヤくんがキサラギさんの携帯電話に念《ねん》を送り始める。

「あれやらないと、集中できなくて繋《つな》がらないんだって」

マリーの注釈《ちゅうしゃく》を交えながらしばらく見守っていると、ヒビヤくんは唐突《とうとつ》に「お兄ちゃんッ!!」と叫び、携帯をこちらに差し出してきた。

「はぁ……はぁ……繋がったよ……」

一見珍妙《いっけんちんみょう》に思えるヒビヤくんの一連の動作だが、やっていることは並大抵《なみたいてい》のことじゃない。

ここしばらくの間で、ヒビヤくんの『凝《こ》らす』は「携帯の電波」にまで干渉することができるようになったらしい。

そうすることで、通常の電波では届き得ない場所……『カゲロウデイズ』の中にいる人間の携帯と、直接交信が可能になったのだ。

「ほんっと、とんでもないこと考えるよあの人。たまたまできたからいいけど、説明も大してないし……僕一週間くらい訳も解らず『お兄ちゃん』って叫んでたんだよ？」

携帯に明るくないヒビヤくんのために、音声認識を使ってアドレス帳を呼び出すというのがその意図《いと》だったらしいが、どうやら伝達役《でんたつやく》のエネちゃんの段階で大分端折《だいぶはしょ》られてしまったようだ。

「あ、あんまり言うと、聞かれちゃうっすよ。今、本人に繋がってるんすから……」

先の戦いで、団員の大半は命を失い『カゲロウデイズ』に飲み込まれてしまった。本来であれば、二度と話せなくなっていたであろう彼らと、こうして通信ができるなんて、正直未《いま》だに真実味がない。

「で、話すんでしょ？　これからのこと。僕はもう……さっき伝えた通りだから」

「……解ったっす」

そうして俺は、いよいよヒビヤくんから携帯を受け取った。画面には、通信先の彼の名前とともに、通話の経過時間が表示されている。

きっと、彼はこうなることを予想していたのだろう。

残された俺たちが……彼らの命を糧《かて》に生き残った俺たちが「未来を選ぶこと」に、悩んでしまうだろうと。

俺は徐《おもむろ》にマリーを見る。

それに気づいてマリーは、こくと頷《うなず》いた。

「……大丈夫。私もセトと同じだよ。みんなと一緒に、明日に行きたい」

強く、まっすぐなマリーの眼差《まなざ》し。

俺はもう、迷わなかった。

想いを伝えるべく、携帯を耳に宛《あ》てがう。

俺は、仲間を忘れようとした。命がけで戦った仲間に対して、これ以上の冒瀆《ぼうとく》はない。彼らになんと言って責められたって、文句の言いようもなかった。

しかし、マリーはその全てを解った上で、俺に全てを伝える役を委《ゆだ》ねてくれたのだ。

もう答えは決まっている。ただそれを、彼が……彼らが許してくれるのか……。


「……もしもし、聞こえますか」

恐る恐る、口を開く。

彼はすでに一度、この方法でマリーと話しているらしい。だとすると、彼のことだ。俺が仲間を忘れようとしていたことなんて、とっくに見透《みす》かされているだろう。

『……セトか？』

落ち着いたシンタローさんの声に、一層《いっそう》気が引き締まる。早打つ心臓を無視し、俺は端的《たんてき》に言う。

「はい……。シンタローさん、俺、謝らなきゃいけないです。戦いのあと……皆のことを忘れようとしていました」

音が消える。

一秒にも満たない無言の間が、異様に長く感じられた。

『……はぁ。どうせ、マリーのためだ～とか思ってたんだろ？　じゃあしゃあねぇだろ』

「……えっ、はい？　いや、そ、そうっすけど、そんな」

シンタローさんは、こちらにいた頃と何も変わらない。無愛想《ぶあいそう》で、そっけなくて、しかし誰よりも人の心の奥底《おくそこ》を見通している。

しかし、そんな優しさに甘え続ける訳にはいかない。

俺がしたことは、そんな簡単に許されていい話ではないのだ。だって、俺は……。

『で、どうしようと思ってんだ。……こっちは全員、お前らに委ねるってよ』

……全員？

『なぁ、お前ら……っておい!!　待て、待て、押すな!!　順番っつったろ……あぁ！　返せこんにゃろ』

大人数がせめぎ合うワチャワチャとした騒音が、受話器越しに届く。そして……。

『も、もしもし幸助《こうすけ》!?　お、お姉ちゃんだけど、わかる!?　う、うぇ、ごべんね……お姉ぢゃん、勝手にこっち来ちゃって……』

「……姉ちゃん!?　ちょっ、い、いきなりすぎて……えっと……えぇ!?」

『あっ、待って！　つ、次の人に代わるから！　とにかくまたね、幸助!!』

「いや、それ言うためだけに携帯奪ったの!?　ちょっと姉ちゃん!?」

受話器の向こう、再び罵声《ばせい》やら奇声《きせい》やらが入り乱れる。しかし、どれも聞き馴染《なじ》みのある声ばかりだ。

そうしてまた、声の主が切り替わった。

『あ〜、セトか。俺だ、キドだ。……すまんな、そっちにいてやれなくて』

人生を長くともにした、ハスキーな声。落ち着き払ったようなその口調は、向こう

に行っても相変わらずだ。

死してなお、こちらを気遣《きづか》う彼女らしさに、俺は堪《たま》らず口調を沈ませる。

「き、キド。ごめん、俺、みんなのこと……」

『……ちょっ、いや、姉さん!! 今は俺の喋《しゃべ》り方の話はいいって……え「私」って言

え？ だから、もう「俺」で慣れちゃってるんだって……あぁ、違う違う、そっちの

姉さんじゃなくって……』

『っだぁ〜!! ちょっ、次、私ですって！ ご主人さっきちょっと話したでしょう

が!! しっ！ しっ!!』

『幸助く〜ん!! 僕のこと解る？ 一緒にプリン食べたんだけど……あっ、そうだあ

とで修哉《しゅうや》くんとも話さなきゃダメだよ！ 本人恥ずかしがっててあれだけど、あとで

連れてくるから……』

『あはは、セトさん聞こえてます～？　あとでマリーちゃんにも代わってくださいね～　久しぶりにお喋りしたいんで～』

『うるっせぇよ、お前ら‼　散れ‼　散れ‼』


……なんだこれ。


なんていうか、いわゆる「お正月に田舎《いなか》の親戚の家に電話かけちゃった」みたいな感じだろうか。

真面目《まじめ》な話をしなくてはいけないんだが、まったく隙が……。

『……はぁ、はぁ、聞こえるかセト。シンタローだ』

「あぁ！　良かったっす、このまま続いたらどうしようかと……」

切り替わったシンタローさんの声には、すっかり疲労感《ひろうかん》が滲《にじ》んでいた。

どうやらあちらの世界でも、苦労が絶えないようだ。

『ったくあいつら、ホント言うこと聞かねぇから困ったもんだぜ。いや、すまねぇなセト。迷惑かけちまって』

そう言ってシンタローさんは、大きなため息を零《こぼ》す。

しかし、俺は何故だか、これがシンタローさんの気遣いに思えてならなかった。

シンタローさんは、人の心の解る人だ。

俺が、悩み、ウジウジとしているのを察して、向こうの皆の声を聞かせてくれたんじゃないだろうか。

『まぁ……こっちは聞いての通りって感じだ。誰もお前を恨《うら》んじゃいねぇし、後悔もしてねぇ。だから、お前の意見を聞かせてくれ』

そうしてシンタローさんは、最後の確認を口にする。

『お前は「未来」を、どうしたい？』

「……セト」

見ると、マリーが俺の手を握り、緋《あか》い双眸《そうぼう》をこちらに向けている。

俺はその手を柔らかく握り返し、口を開いた。

「決まっています。俺たちは『未来』を……」

サマータイムレコード -side No.10-

……いいって言ったのに手渡された。

別に今更喋《いまさらしゃべ》ることなんてないし、あいつの声聞きたいって気分でも当然ないし、ほんっと、最悪。

色々最悪すぎて、どれから最悪って言ってやろうかしらって感じだけど、とにもかくにも「さ・い・あ・く！」。……そんな感じ。

にしてもほんと、なんなのあの人たち。いい歳《とし》して「メカクシ団」とか、頭大丈夫なのかしら。

しかも、私にまで入れとか言って来るし「嫌だ」って言ってんのに無理やり誘ってくるし、特にあの青い髪したうるさいやつ。なんなのよ、あいつ。あ～、アッタマくる。

でも、これだけ怒っても疲れないとか、良いとこもあるわね、こっちの世界。

そういえば、あいつがこっちにいた頃はもっと最悪だったわ。

毎日、毎日、あいつがいろんな死に方するの見せつけられて、それが何十回も、何百回も、何千回も繰り返すんだから、あぁ〜思い出すだけで嫌になる。

ってていうかあいつもあいつよ。せっかく助けてやったってのに、外の世界で「助けに行く」とか言ってたらしいし、ほんっとどこまでも鈍《にぶ》いわよね、あいつ。

あ〜、ほんと腹たつ、腹たつ。

人生設計とか一万通りくらい考えてたけど、まさかこんな感じで終わるとは予想外だったわ。

せめて都会の綺麗《きれい》な学校に進学決めて、そこでいい感じのイケメン一〇〇人くらい捕まえて思いっきり楽しんだあと、どっかの国の超イケメンな王子様と結婚して死ぬまで遊んで暮らすくらいの人生が送りたかったわ。

それくらいも叶《かな》わないなんて、ほんと予定外。こんな可憐《かれん》な私を失うだなんて、向こうの世界もとんでもない損失《そんしつ》よね。

とはいえ、まぁ、死んじゃったってんならしょうがないわ。

なかったことはなかったこと。「ない」ものまで欲しがらないのよね、私。

ま、ぼちぼち楽しかったのかしらね、人生ってやつも。

未来とか結構どうでもいいけど、変なもの見なくて済んだって考えたら、まぁそれも悪くないわ。

「……で、いつまで洟《はな》すすってんのよあんた。私がせっかく話してやるって言ってんのに」

電話越しの腹たつ声。

さっきから「ごめん」だの「助けられなかった」だの「不甲斐《ふがい》ない」だのズビズビズビ……うるさいったらありゃしない。

……でもまぁ、今日くらいは許してあげるわ。

ほんと顔も良くないし背も低いし情けなくてどうしようもないグズだけど、頑張ってたってのは、なんか嬉しいし。

あぁ！　もういつまでズビズビ言ってんのよ、こいつは！

あ〜、もう切ろ。こんな電話、やっぱり受けるんじゃなかった。

あ、そうだ。そういえば一個、言ってなかったわね。

もらった電話だけど、まぁいいわ、ついでに言っといてやるか。どうせもう、こいつと話すことなんてないだろうし。

言ったら、切ろ。あ〜、ほんと腹たつ。

「……あんたのこと、大好きよ。次は絶対、助けに来なさい」

サマータイムレコード　-side No.7-

よく人生を喩《たと》えて「思えば、遠くまで来たものだ」なんて感慨《かんがい》に浸《ひた》ろうとする輩《やから》がいるが、断言《だんげん》する。俺ほど遠くまで来たやつはいないだろう。なんてったって「異世界」だ。

しかし異世界だってんなら剣と魔法とエルフとメイドと巨乳と巨乳ぐらいは完備して欲しいものだ。そう、この世界にはロマンが足りない。俺のソウルを熱くビートさせる、ロマンってもんが……。

「今、何考えてたの？」

「仲間たちのことさ。いいやつらだった……ってな」

ニヒルを気取《きど》った俺だったが、何かを見透《みす》かされたのか、アヤノは怪訝《けげん》そうに眉《まゆ》を顰《ひそ》め「ふぅん」と吐き捨てた。

俺とアヤノは『カゲロウデイズ』の創った遊歩道《ゆうほどう》を、ひたすらに歩いている。

『カゲロウデイズ』はそれぞれの心にある情景《じょうけい》を映し出す、なんてのは遥《はるか》先輩の言だが、俺の心が映した風景はなんとも味気《あじけ》がなかった。

なにせ、ただの高校時代の通学路、そのまんまなのだ。

思い返してみても、帰宅中になにかハッピーなことがあったなんて思い出は見当たらないし、そもそも人生あげての名場面№1がこのシーンなのかと思うと、我ながら人生に彩《いろど》りが欠けていたのだと思い知らされる。

しかし、なんだか知らないがアヤノは大層《たいそう》この情景が気に入ったらしく、やけにニヤニヤしていた。本当、死ぬまで女心は解らんもんだ。いや、訂正する「死んでも」解らんものだ。

「……決まったね。巻き戻すって」

路傍《ろぼう》の石を蹴《け》りながら、なんでもなしにアヤノが言う。

「そうだな。まぁ、こうなるだろうとは思ってたさ」

アヤノからパスを受けるように俺は小石を受け取り、歩みの勢いで蹴っ飛ばす。

……俺たちは、勝てなかった。

誰もそれを体感できないとはいえ、世界の理不尽《りふじん》な逆行《ぎゃっこう》を阻止《そし》したというのは、ある意味では「世界を救った」なんてことにもなるのかもしれない。

とはいえ俺たちがいくら声を大にしたところで、誰一人信じるやつなどいないだろう。証明できないものは、他者から見ればただの「虚構《きょこう》」にすぎない。


仮に多くの人間がそれを信じ「英雄」として扱われたとしても……それも、それで無駄なことだ。

なにせ、俺たちが最終的に選択したのは『冴《さ》える』が画策《かくさく》したものとまったく同じ、「世界を巻き戻す」という、行為なのだから。


どうせ放っておけば勝手に巻き戻っていた世界なんだし、誰にもバレないのならやってやろう、だなんて、本当「最悪」の発想だ。

まるでゲームのリセットボタンを押すように、このあと世界は、誰にも知られぬまま「0《ゼロ》」へと戻る。まんまと『冴える』の策略《さくりゃく》は、その実を結ぶ、というわけだ。

「意味……あったのかな、私たちの戦いって」

アヤノがポツリと零《こぼ》す。

一応顔を見るも、やはりというか、悩んで言っているわけではなさそうだった。

「思うんだが、よ」

新たに選んだ小石を蹴りながら、俺は言葉を返す。

「世界が終わるってことを知っちまったから、俺たちは『絶望』したんだよな」

「そう……だね。知らなかったら、何も気づかないまま、巻き戻ってたわけだし」

「……世界が終わることを知らなかったやつには、この戦いは意味がねぇって思われるかもしれねぇ。ただ、世界が終わるって知っちまった俺たちには……戦う意味はあったんじゃねぇかなと思う」

蹴った小石が跳《は》ね上《あ》がり、排水溝《はいすいこう》へと転がり落ちた。

「……この話、何回もしてるね」

馬鹿馬鹿《ばかばか》しいなとばかりに笑うアヤノ。

「何百回はしてるな。不思議と飽きねぇ」

俺も、つられて笑みを零《こぼ》した。

沈まない夕日に向けて歩を進める。何日歩こうと、何年歩こうと、きっと何処《どこ》にも辿《たど》り着《つ》かない道を。

「『冴える』は消えちまいたくなかったんだろうな」

ふと俺は口を零す。

「あいつには、ちゃんとした『自我《じが》』があった。とはいえ『能力』だからな。『願い事』が叶《かな》っちまうと、消えちまうんだろうよ」

「多分《たぶん》、ね。だから世界を逆行させて『願い事』を延命《えんめい》させようとした。願いが叶わなかったら、そのぶん生きていられるから」

「あぁ。ってことは、多分……俺たちはもう、何百回も何千回も今回みてぇな戦いをして、その度に世界を巻き戻したんだろうよ。じゃねぇと辻褄《つじつま》があわねぇこともあるしな」

アヤノがピタリと歩みを止める。

「それ……『冴える』に聞いたの？」

不安げな口ぶりに、俺はいたずらに口角《こうかく》を釣《つ》り上《あ》げる。

「あぁ、それもいいかもな。あいつが乗っ取ってるやつ……友達なんだ」

「最後だからって……危ないことは反対だな」

アヤノが頬《ほお》を膨《ふく》れさせる。さすがに可哀想《かわいそう》なので「冗談だ」と言って、俺は再び歩き始めた。

つられて歩き出したアヤノは、俺に歩調を合わせるようにしながら、言った。

「珍しいね、シンタローがハッキリ『友達』っていうの」

「あ？　あ～、確かにそうかもしれねぇな」

「じゃ、じゃあさ……私は……『友達』？」

夕日は未《いま》だ沈まないというのに、夏の終わりは、間近に迫る。

次の夏がやって来るまで、この気持ちを覚えていられるだろうか。

きっと記憶は残らない。しかし何故《なぜ》だか「忘れるはずがない」という、夢想《むそう》にも似た確信があった。

この戦いを、忘れない。

出会ったやつらを忘れない。

忘れないと誓ったことを、俺は死んでも、忘れない。

アヤノが俺の返事を急《せ》かす。
俺は気だるげに「さぁな」と返して、歩き続けた。

マリーの架空世界

すごく、不思議な物語に出会った。

お話の中で、私はお姫様だった。ずっと一人で、寂《さみ》しく暮らしてた。

そしたらある日、小さな王子様がやって来て「怯《おび》えなくてもいいよ」って言って、外に連れ出してくれた。

外の世界にはいろんな人がいて、いつのまにか、たくさんの仲間と一緒に旅をしてた。

仲間は、皆いっつも喧嘩《けんか》してて、目を真っ赤にしてて、でも、いっつも笑ってた。

私もそれを見て、たくさん笑った。

お姫様の私は綺麗《きれい》なドレスは着てなかったけど、ずっと憧《あこが》れてた世界を旅して、すごく、すごく幸せそうだった。

でも、途中で悪い蛇《へび》が現れて、戦ったけど、負けちゃった。それだけがすごく、悔《くや》しかった。

だから、私は王子様と約束をした。

「世界は終わっちゃうけど、次も絶対、一緒に旅をしよう」って、約束をした。

世界が終わる最後の日、約束のあかしに、二人で大きな花を観《み》た。

夜空に光る魔法の花は、見たことがないくらい大きくて、忘れられないくらい、綺麗だった。

次の世界は、どんな素敵《すてき》な世界だろう。
次の物語は、どんな不思議なお話なんだろう。
どんな世界でも、私はきっと、幸せだ。
そこでまた、あなたと出会えたなら。

私は、きっと。

目がしぱしぱする話

お久しぶりです、じんです。

発刊に至るまで再び一年以上の間が空いてしまいました。

毎度毎度この体《てい》たらく……本当に……謝ッ!!（威勢《いせい》のいい謝罪《しゃざい》）

というわけで『カゲロウデイズⅧ -summer time reload-』お楽しみいただけましたでしょうか。

もしかしたら「先にあとがきから読むゾ」なんて猛者《もさ》がいるかもわからないので、あんまり本編のことには触れないようにしますが、ちょっとだけ。

毎巻のようにあとがきで「大変な執筆だった。血便《けつべん》が出た」なんてことを宣《のたま》っている僕ですが、今巻の執筆も案《あん》の定《じょう》、ドチャクソ大変でした。

血便どころの騒ぎじゃありません。もっと赤いのが出ました（？）。

まず、ね。登場人物が多い。すごいの。すごい多いの（幼児退行《たいこう》）。

「団っちゅうくらいやから十人はおらんと話にならんやろ」とノリノリで書き始めた今作ですが、二巻目くらいで「あっ、多いのっ」ってなりました。

そして今巻そいつらが怒涛《どとう》の勢いで登場したもんですから「ンアアァッッッン!!」というわけです（語彙《ごい》）。


そんな感じで今巻は『主役』を一人に絞るのがすごく難しいんですが、個人的には、セトが頑張《がんば》ってくれたなぁと感じています。

セトの「人の心の声が聞こえてしまう」という能力は、子供たちのすれ違いや裏側を描き続けてきた「カゲロウデイズ」にとって、言わばジョーカー的な能力でした。

その性質もあってあまり内面を掘り下げないようにしてきたキャラだったんですが、まさかあんなことを考えていたとは……すごいの（幼児退行）。


不思議なもので、僕は作者だというのに未《いま》だに彼らのことがよくわかっていないんですよね。

「お前のキャラやんけ」と言われてしまうと確かにそうなんですが、なんだか彼らを

「作ってきた」という感覚がないんです。

ひたすらに対話をしながら書いてきたというか、彼らを知ることに全力を注いできた気がします。

そうして彼らがどんなことを考えているのか、一つ一つ教えてもらいながら書いたのが、この「カゲロウデイズ」という作品だったんじゃないかと思うのです。変な話ですけどね。

さて、そんな「カゲロウデイズ」も今巻が最終巻。長かった夏の物語も、一つの終わりを迎えることとなりました。

ご存知《ぞんじ》の方も多いと思うのですが、僕は元々インターネットで「カゲロウプロジェクト」という音楽作品群を投稿していたんです。

この「カゲロウデイズ」という小説を書き始めたのも、その音楽を聴《き》いた出版社の方が「本を出さないか」と声をかけて下さったのが切《き》っ掛《か》けでした。

「自分の描いた物語を本にできるなんて！」とその時は飛《と》び跳《は》ねて喜びましたが、その後の執筆活動はとにかく苦悩の連続でした。

上手《うま》く書けない。正しく伝えられない。

たくさんお叱《しか》りの言葉もいただきましたし、自分の力のなさに挫折《ざせつ》し「もう続けられないかもしれない」と途方《とほう》にくれた時期もありました。

それでもここまでこの作品を書き続けることができたのは、読者の皆さんが「カゲロウデイズが好きです」と言ってくれたからです。

こういう書き方をすると薄っぺらく思われるかもしれませんが、たくさん勇気をもらいました。

馬鹿《ばか》にされてもいいし、見下《みくだ》されてもいいからこの物語を続けようと思えたのは、本当に皆さんのおかげです。

感謝してもしきれません。しきれない分を、詰め込んだのがこの作品です。

改めまして、本当に、本当にありがとうございました。

……おっ、もうスペースが少なくなってきましたね。

では最後に一つだけ。
この作品の不器用な『主人公』たちは、不器用なあなたの『友人』です。
また、どこかで遊んであげてください。きっと、みんな喜びます。
またいつかお会いしましょう。ご愛読、本当にありがとうございました。

じん（自然の敵P）

……とか真面目《まじめ》なフリしつつ、もう次の小説のこと考えてるの（幼児退行）。
あっ、もちろん「カゲロウデイズ」じゃないですよ。「新しいメカクシ団」の話です。
本当、新しい友人との出会いは、いつも新鮮でドキドキしますよね。
近いうちに皆さんにも紹介しますね。
例えば、次の夏あたりに。

ありがとう
わぁ…

カバーイラスト ラフ

本文イラスト① ラフ

本文イラスト② ラフ

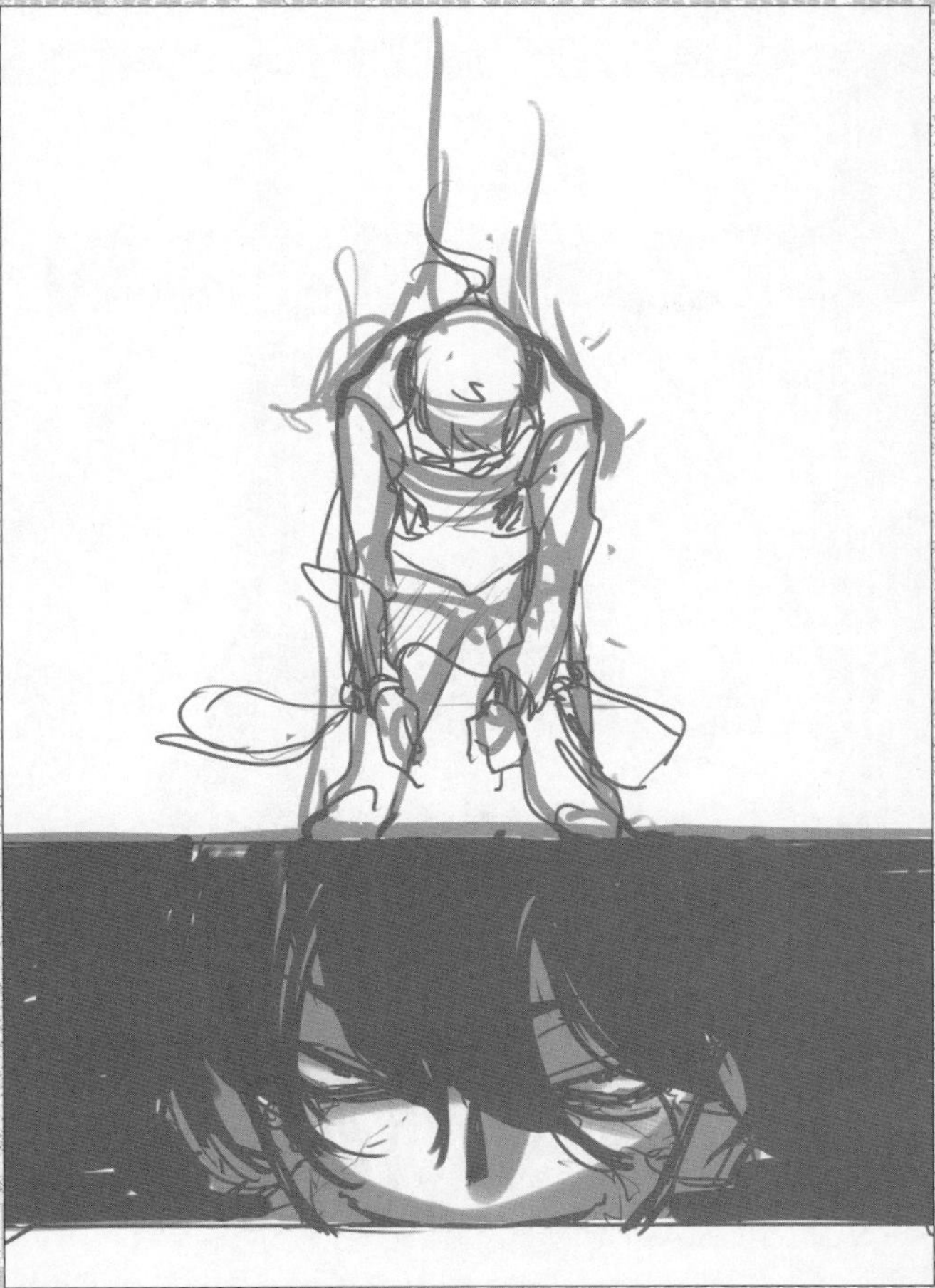

本文イラスト③ ラフ

本文イラスト④ ラフ

本文イラスト⑤ ラフ

本文イラスト⑥ ラフ

本文イラスト⑦ ラフ

本文イラスト⑧ ラフ

●ご意見、ご感想をお寄せください

ファンレターの宛先
〒102-8177 東京都千代田区富士見2-13-3 KCG文庫編集部
じん(自然の敵P)先生 しづ先生

●QRコードまたはURLより、本書に関するアンケートにご協力ください

https://ebssl.jp/kcg/enq/
・スマートフォン・フィーチャーフォンの場合、一部対応していない機種もございます。
・回答の際、特殊なフォーマットや文字コードなどを使用すると、読み取ることができない場合がございます。
・お答えいただいた方全員に、KCG文庫作品の画像の無料待ち受けをプレゼントいたします。
・中学生以下の方は、保護者の方の了承を得てから回答してください。
・サイトにアクセスする際や、登録・メール送信時にかかる通信費はご負担ください。

カゲロウデイズⅧ
-summer time reload-

し-11-8 KCG文庫

2017年12月29日 初版発行
2024年11月10日 第八刷発行

著　者 じん(自然《しぜん》の敵《てき》P)
発行人 山下直久
発　行 株式会社 KADOKAWA
〒102-8177 東京都千代田区富士見2-13-3
電話 0570-002-301(ナビダイヤル)
編集企画 KCG文庫編集部
印刷所 暁印刷

●お問い合わせ
https://www.kadokawa.co.jp/(「お問い合わせ」へお進みください)
※内容によっては、お答えできない場合があります。※サポートは日本国内のみとさせていただきます。※Japanese text only

ISBN 978-4-04-734622-2 C0193 Printed in Japan 定価はカバーに表示してあります。